Jürg Amann

Pekinger Passion

Jürg Amann

Pekinger Passion

Kriminalnovelle

Arche

Umschlag: Max Bartholl, b3K, Hamburg-Frankfurt a. M.
Umschlagfoto: © gettyimages / Pulp Photography
Satz: Greiner & Reichel, Köln
Druck und Bindung: CPI – Clausen & Bosse, Leck
Printed in Germany
ISBN 978-3-7160-2376-1

Pekinger Passion

»*Peking, 16. Juni. (ap)* Achtzehn Jahre nach der Hinrichtung ihres verurteilten angeblichen Mörders ist die totgeglaubte Chinesin Shi Xiaorong wieder aufgetaucht. Zum Zeitpunkt seiner Verurteilung sei der angebliche Mörder Teng Xingshan geständig gewesen, berichtete die amtliche chinesische Nachrichtenagentur Xinhua am Donnerstag. Teng war seinerzeit für den Mord an Shi verurteilt und zwei Jahre später hingerichtet worden, nachdem eine zerstückelte Frauenleiche gefunden worden war, die in ihren einzelnen Teilen der vermißten Shi Xiaorong glich. Die Polizei vermutete daraufhin, daß Teng und Shi eine Affäre gehabt hatten und Teng Shi getötet hatte, weil sie die Affäre beenden wollte. Nach Aussage von Shi hatten sich die beiden jedoch nicht gekannt.«

I

Ich, Teng Xingshan, geboren und wohnhaft in Peking, zum Zeitpunkt der Tat zwanzig Jahre alt, gebe zu und zu Protokoll, Shi Xiaorong, zum Zeitpunkt der Tat neunundzwanzig Jahre alt, ebenfalls wohnhaft in Peking, auf bestialische Weise ermordet und anschließend in Stücke geschnitten zu haben, so daß ihre Leiche nicht mehr zu erkennen war.

Kennengelernt habe ich Frau Shi Xiaorong, als ich, die Schule wechselnd, an das Gymnasium des Pekinger Stadtkreises kam, in den meine Eltern mit mir gezogen waren, als ich gerade siebzehn geworden war, und in dem ich bis heute wohne oder gewohnt habe. Sie war schon da, als ich kam. Ich meine, an der Schule, die für mich neu war. Eine auffällige, großgewachsene, etwas exotisch wirkende Schönheit, die in der Parallelklasse, und natürlich in weiteren Klassen, nur leider in meiner nicht, Geschichte unterrichtete. Jedenfalls mir fiel sie sofort auf. Mir erschien ihre Schönheit als außergewöhnlich, gleich, schon als ich sie das erste Mal sah, wörtlich: auf den ersten Blick. Das Außergewöhnliche ihrer Schönheit kam, wie ich später erfuhr, durch die Mischung mit etwas Fremdem zustande, mit etwas Europäischem, wie man sich unter den Schülern erzählte. Genaueres wußten wir nicht.

Sie war jung, wie ich auch. Natürlich nicht ganz so jung wie ich; aber die neun Jahre, die sie in Wirklichkeit älter war als ich, sah man nicht. Sah ich jedenfalls nicht. Sie hatte eben erst ihr Studium beendet und ihre erste Stelle angetreten. Vielleicht merkte man das. Vielleicht war es das, was sie mir so jung erscheinen ließ: Daß sie sich an dem Ort, der für alle andern der gewohnte, alltägliche war, noch so unsicher bewegte wie ich selbst. Sie war gerade erst an die Schule gekommen, genau wie ich. Nur eben für mich war sie schon da, als ich kam; weil ich ein wenig verspätet zur Klasse gestoßen war, weil zum Zeitpunkt unseres Umzugs das Schuljahr schon begonnen hatte. In der neuen Umgebung war sie für mich der Leuchtturm, an dem ich mich orientierte, der verhinderte, daß ich schon in den ersten Tagen Schiffbruch erlitt, auf den ich zulief, wenn ich nicht wußte, wohin, den ich ansteuerte, wenn ich mich verloren hatte, der mir sein pulsierendes Licht aussandte, in den stillen Sturm meiner jungen, verwirrten Seele, in die Finsternis meiner Einsamkeit. Und in der Tat war sie ja auch größer als alle andern, überragte nicht nur die ganze Schülerschaft, sondern auch den übrigen Lehrkörper um einen Kopf.

Und um was für einen Kopf! Ein schmales Gesicht. Ganz heller Teint. Für unsere Längengrade ungewöhnliche, auffällig große, auffällig offene Augen. Schwarz wie das Haar oder doch fast so schwarz. Ich sah sie gleich. Kaum daß ich das mir neue und fremde Schulgebäude betreten hatte. Inmitten der Menschen. Sie war das einzige, was ich sah. Unter all dem, was ich sah, war sie das einzige, das ich wahrnahm. Noch bevor ich sie kannte, war ich in sie verliebt.

Für alles sonstige rundherum, die neuen Klassenkameraden, die neuen Klassenlehrer, die neuen Klassenzimmer, war ich blind. Menschen behandelte ich wie Luft oder als ob es sie gar nicht gäbe. Das kam auf dasselbe heraus. Ich war allein. Ich kannte niemanden an dem mir neuen Ort; ich wollte niemanden kennen. Es gab keine Menschenseele, die mir hier nah war. Außer der ihren, die mich berührte, schon aus der Ferne, die mich in einen anderen Zustand versetzte, die bewirkte, daß ich kaum atmen konnte, daß mir das Herz in der Kehle schlug, sobald ich sie bemerkte, in einer Gruppe von Menschen, mit anderen Lehrern oder mit Schülern, allein, wenn ich sie eine Treppe hinauf- oder hinabgehen sah, vor dem Schulhaus, im Schulhaus, wenn sie an mir vorbeilief, wenn sie meinen Weg kreuzte, im Lichthof, in den Gängen, wenn sie mir zufällig entgegenkam. Aber auch sonst, wenn ich sie gar nicht sah, wenn ich allein war. Dann erst recht. Ein für allemal hatte mich ihre Seele gestreift. Ihre Seele, die es nach der offiziellen Doktrin gar nicht gab. Gleichviel. Manchmal, immer häufiger, führte ich diese Zufälle selber herbei.

Meine Eltern, die mir sonst nahe gewesen waren, hatte ich in dieser Zeit zu hassen begonnen; weil sie die Ursache waren für meine plötzliche Einsamkeit, für meine Heimatlosigkeit und Entwurzelung. Die neue Wohnung im neuen, moderneren Stadtteil, die besser war als die alte, heller, geräumiger, in einem schöneren, neueren Haus und ein paar Stockwerke höher, die sogar ein Bad hatte, war dafür kein Entgelt. Sie hatten mir die Freunde genommen, von heute auf morgen, gegen meinen Willen, ohne mich auch nur zu fragen. Sich selber zwar auch, aber das war nicht dasselbe, sie hatten es so gewollt. Mir hatten sie mein Leben zerstört. Das, was bis dahin mein Leben gewesen war. Durch unseren Umzug von der einen Seite der Stadt auf die andere hatte ich vor allem meine Jugendliebe endgültig verloren. Die ohnehin einen anderen, älteren als mich gewollt hatte. Obwohl sie selber so alt war wie ich. Von hier, aus der Entfernung, hatte ich erst recht keine Chance mehr. Wir sollten nicht zu früh von den süßen Früchten naschen, hatte sie mir einmal zurückgeschrieben, als ich ihr in einem schüchternen Liebesbrief meine Gefühle gestanden hatte. So hatte sie sich ausgedrückt. Ich hatte mich also in Geduld geübt. Aber da hatte sie sich auch schon einen anderen genommen. Einen weniger Geduldigen. Oder er hatte sich sie genommen. Ich sah die beiden, im Park, wie sie miteinander die süßen Früchte pflückten, die sie uns noch verboten hatte. Und dabei hatte sie doch mir, um mich auf sich aufmerksam zu machen, seinerzeit im Winter auf dem Pausenhof den ominösen Schneeball an den Hinterkopf geworfen.

Und die erste Liebe, die mit den rosa Wangen, die aus dem Kindergarten, die genauso wie die zweite hieß, war ohnehin längst verloren;

die war schon elf Jahre zuvor mit ihren Eltern irgendwohin in eine Provinz am Rand unseres Reichs gezogen, ich wußte nicht einmal, in welche, dorthin, wo unsere Vorfahren die große Mauer gegen den großen Feind gebaut hatten. Das war auch so ein Blitz aus heiterem Himmel gewesen, ohne Ankündigung, ich hatte es nicht einmal vorher erfahren. Nicht einmal Abschied hatte ich von ihr nehmen können. Erst als sie nicht mehr da war, erklärte man mir, daß sie gegangen war. Und nun mußte ich auch noch Angst um sie haben, weil doch da draußen, an der Grenze, wieder einmal ein Krieg tobte oder wenigstens drohte. Jedenfalls hatte sich meine kindliche Vorstellung das aufgrund all dessen, worüber die Erwachsenen redeten, eingebildet.

Dazwischen hatte es noch eine andere gegeben; aber die hatte mich auf dem Pausenhof vor allen andern gedemütigt, indem sie mich im Ringkampf unterworfen hatte, zu Boden geworfen und auf den Rücken gedreht, mit ihren Knien die Schultern auf den Asphalt niedergedrückt, was sich liebt, neckt sich; das hatte ich selber beendet.

Davon wollte ich nicht erzählen. Ich wollte sagen, daß ich am neuen Ort fremd war und daß ich am neuen Ort allein war. Und daß Shi Xiaorong, die Geschichtslehrerin aus der Parallelklasse, deren Namen ich noch nicht wußte, so etwas wie die Sonne war, die mir aus dieser Nacht aufging, die mir in die Tage schien, die mich ein wenig wärmte; deren Trabant ich wurde, der, von ihrer Anziehung einigermaßen im Gleichgewicht gehalten, schlecht und recht seine Bahnen zog.

Ich tat alles, um ihr nahe zu sein. Um ihr näher zu kommen. Nicht nur so, im Alltag, auf den täglichen Wegen. Nein, wirklich nahe, wirklich näher. Ich versuchte, die Klasse zu wechseln, in ihre Klasse zu kommen; aber die Schulleitung erlaubte es nicht, sie wollte nichts davon wissen. Ich hatte ja keine Argumente. Keine, die ich gernstlich hätte vorbringen können. Mein Gesuch wurde abgelehnt. Auch der Brief meiner Eltern, zu dem ich sie immerhin hatte bewegen können, in dem sie mein Gesuch unterstützten, wurde nur mit dem freundlichen Hinweis quittiert, daß die freie Klassenwahl an der Schule nicht üblich und nur in Ausnahmefällen und mit stichhaltiger Begründung gestattet sei. Meine Begründung war nicht stichhaltig, sondern im Gegenteil fadenscheinig; der Junge, mit dem ich mich nicht zu vertragen behauptete, hatte dem

Rektorat auf Anfrage unsere gegenseitigen Animositäten denn auch nicht bestätigt. Die guten, die stichhaltigen Gründe, deren es bedurft hätte, die ich hatte, konnte ich ja weder der Schulleitung noch den Eltern gegenüber auch nur erwähnen. Sie wären auch von beiden Instanzen mit Gewißheit nicht anerkannt worden. Ich wäre erst recht der Dumme gewesen. Und, was schwerer gewogen hätte, ich hätte unsere Liebe verraten, noch bevor sie eine Chance gehabt hatte.

Ich fand heraus, wo meine Lehrerin, die nicht meine Lehrerin war, wohnte. Das war nicht schwer gewesen. Ich paßte sie ab, nach der Schule, vor der Schule. Ich folgte ihr auf ihrem Heimweg, auf ihrem Weg von zu Hause zur Schule. Zu Fuß oder mit dem Fahrrad oder in der Straßenbahn, je nach Gelegenheit. Aus der Distanz begleitete ich sie, wann immer ich konnte, wann immer mein Stundenplan es zuließ, wann immer ich Zeit dazu hatte. Ihren Stundenplan, den ich mir vom Anschlagbrett abgeschrieben hatte, kannte ich auswendig. Meinen Eltern, die durch ihre Berufe den ganzen Tag aus dem Haus waren, fiel mein Treiben nicht auf. Glaubte ich wenigstens. Jedenfalls sagten sie nichts dazu. Von meiner Klasse hatte ich mich ohnehin schon verabschiedet, noch bevor ich sie richtig begrüßt hatte. Den einzigen Jungen, der den gleichen Schulweg hatte wie ich, wenigstens ein Stück weit, und der sich mir anschließen wollte, trickste ich, wenn es ging, aus. Tage, an denen es mir nicht gelang und ich den Weg mit ihm teilen mußte, waren verlorene Tage für mich. Gleichaltrige Mädchen, aus meiner Klasse oder aus anderen Klassen oder auch aus der Nachbarschaft, hielt ich mir sämtlich vom Leib. Ich mußte frei sein für die eine. Für die Meine, die Einzige, die Auserwählte. Die ich mir gewählt hatte, am ersten Tag meines neuen Lebens, das ich mir nicht gewählt hatte.

Ich forschte ihre Gewohnheiten aus, so lange, bis sie zu meinen Gewohnheiten geworden waren. Ohne daß ich das ausdrücklich wollte. Es ergab sich. Automatisch. Überall da, wo es überhaupt ging. Hatte sie beispielsweise die Angewohnheit, an schöneren Tagen und in der wärmeren Jahreszeit vor ihren Stunden an der Schule noch einen Umweg durch den an ihren Wohnblock grenzenden Park mit der kleinen Pagode und dem sie umgebenden Teich zu nehmen, hatte ich die dem entsprechende Gewohnheit angenommen, an seinem Ufer dort schon zu stehen und die Enten mit den Brotbrocken aus meinen Hosentaschen zu füttern. Ging sie manchmal bereits um neun Uhr zur Schule, obwohl ihr Unterricht erst um zehn Uhr begann, langte ich mit ihr im Schulhaus an, obwohl ich dort schon seit acht Uhr hätte sein müssen. Traf sie sich am Abend, bevor sie wieder durch den Park nach Hause ging, noch mit Kollegen in einer benachbarten Teestube, trieb es mich auch dorthin, und ich lungerte, da ich keinen Zutritt hatte, vor dem Eingang oder in der näheren Umgebung herum, bis sie wieder herauskam, um ihren Heimweg anzutreten. Und da ging ich dann, wenn sie den rechten Gehsteig benutzte, auf dem gegenüberliegenden linken Gehsteig durch die Straßen, oder umgekehrt, und im Park benutzte ich entsprechende Parallelwege, wenn es sie gab, oder ich ließ mich, wo es nur den einen Weg gab, ein Stück hinter sie zurückfallen und lief mit einem Höflichkeitsabstand hinter ihr her. Wenn ich nicht vorher zu Hause sein mußte, damit meine Eltern, die von der Arbeit zurückkehrten, mich da ordnungsgemäß vorfanden und von meinen Ausschweifungen keinen Wind bekamen.

All das tat ich, all das riskierte ich, und noch viel mehr; aber die, die ich damit meinte, für die ich es tat, nahm es nicht zur Kenntnis. Oder sie tat so, als nähme sie es nicht zur Kenntnis. Zur Kenntnis nehmen mußte sie es ja, es war unübersehbar. *Ich* war unübersehbar. Wenn ich mich auch immer in gehöriger, angemessener, standesgemäßer Distanz zu ihr hielt. Sie war die Lehrerin, ich war der Schüler. Daran war nichts zu deuteln. Und sie sah mich auch, das nahm wiederum ich mit Befriedigung zur Kenntnis. Gleichzeitig mit Frustration darüber, daß sie es nicht zu erkennen gab. Nicht offiziell. Daß sie mir keine Chance gab, mich ihr zu erkennen zu geben.

Außer natürlich dadurch, daß ich sie grüßte. Mehrmals täglich. Das konnte sie mir nicht verbieten; das ließ ich mir nicht nehmen. Zuerst nur in der Schule, in den Gängen, auf dem Pausenhof, im Treppenhaus, vor dem Eingang, ich legte es darauf an, mit ihr dort zusammenzutreffen; schließlich auch auf der Straße, wann immer ich ihr begegnete. Und ich sorgte dafür, daß es möglichst oft geschah. Bis an die Grenze der Lächerlichkeit; aber nicht darüber hinaus. Bis sie zumindest das nicht länger übersehen oder überhören konnte, ohne sich selbst dadurch lächerlich zu machen, und mein Grüßen höflich erwiderte.

Sie lebte mit ihrer Mutter, allein. Das wußte ich aus eigener Beobachtung und durch Überprüfung im Adreßbuch der Stadt. Wie ich allein mit meinen Eltern lebte. Das gefiel mir, soweit es sie betraf, auch wenn es mir für mich nicht gefiel. Gute, vorbildliche, folgsame, staatstreue Familien; in ihrem Fall allerdings offenbar ohne den dazugehörigen Vater, der schien zu fehlen, der schien der Familie irgendwann, irgendwo abhanden gekommen zu sein, wer wußte, wie. In meinem Fall hätte ich mir immer gern noch einen Bruder oder eine Schwester dazugewünscht. Am liebsten eine Schwester, die älter gewesen wäre als ich; denn da meine Mutter sehr prüde war, sehr schamhaft zumindest, wußte ich noch immer nicht so recht, was eine Frau war, wie eine Frau funktionierte; aber dafür war es ohnehin längst zu spät. Was Shi Xiaorong betraf, gefiel es mir, daß sie mit ihrer Mutter allein war, weil es wahrscheinlich bedeutete, daß sie nicht verheiratet war, daß noch kein Mann zu ihr gehörte. Oder: Daß sie noch keinem Mann gehörte. Es gab also Hoffnung.

Inzwischen war es Herbst und Winter geworden. Die Parallelgänge zu Fuß auf den gegenüberliegenden Gehsteigen und Gehwegen, das

Sichkreuzen oder Hinterherfahren mit dem Fahrrad, das Hinter- und Voreinanderhergehen im Park mußten immer häufiger durch ein verlegenes Nebeneinanderstehen im Bus oder in der Straßenbahn, manchmal kaum eine Armlänge voneinander entfernt, ersetzt werden. Ich grüßte sie höflich, sie grüßte freundlich zurück; aber dann sprachen wir auf der ganzen Fahrt kein Wort. Beim Ein- und Aussteigen an den immer gleichen Stationen, die ich mit ihr benutzte, auch wenn es nicht meine waren, auch wenn ich auf dem Hinweg eine später hätte zusteigen und entsprechend auf dem Heimweg eine früher hätte aussteigen können, es wäre näher für mich gewesen, ließ ich ihr meistens den Vortritt, manchmal, mit einem Lächeln und einer Geste, sie mir. Sonst nichts. Es war quälend. Jedenfalls mich quälte es. Davon, was in ihrem Innern vorging, wußte ich weiterhin nichts. Wie sie mich sah, wenn sie mich sah. Was in mir vorging, konnte sie umgekehrt ohnehin nicht wissen. Und wollte sie wahrscheinlich auch gar nicht wissen, sagte ich mir. Mußte ich mir sagen.

An einem Feiertag, es ging schon wieder auf das Frühjahr zu, als ich von einer Parade im Zentrum der Stadt, auf dem Platz des Himmlischen Friedens, an der ich nicht zuletzt in der Hoffnung teilgenommen hatte, an diesem schulfreien Tag dort auch der Lehrerin zu begegnen, was aber nicht eingetroffen war, zusammen mit dem Vater nach Hause zurückkehrte, empfing uns die Mutter mit der ihrer Meinung nach frohen Botschaft, ein Mädchen aus meiner Klasse sei gegen Mittag dagewesen und habe ein kleines Paket für mich abgegeben. Ein Mädchen, sagte sie. Meine Mutter war natürlich begeistert darüber, sie schilderte ihr angenehmes Äußeres und Benehmen in den höchsten Tönen, sie hoffte, daß die an unserem Wohnort auf der anderen Seite der Stadt zweimal, und das zweite Mal nicht zuletzt durch sie und den Vater und ihren Entschluß, aus Prestigegründen den Stadtkreis zu wechseln, abrupt unterbrochene Geschichte meiner Jugendlieben endlich wieder eine Fortsetzung fände.

Ich machte das Paket auf; es kam von einer Klassenkameradin, deren Namen nicht hierhergehört, die mir in der Schule schon ein paarmal schüchterne und weniger schüchterne Avancen gemacht hatte, ohne Erfolg natürlich. Und die es auch gewesen war, die, wie auch immer, das Datum meiner Geburt herausgefunden und in der Schule verbreitet hatte, so daß ich nicht darum herumgekommen war, mich am entsprechenden Tag offiziell von meiner Klasse mit Liedern feiern zu lassen, was mir, da ich meiner Meinung nach nichts zu feiern hatte, natürlich peinlich gewesen war. Diesmal war es offensichtlich und unmißverständlich: Sie liebte mich, und sie lud mich ein, sie wieder zu lieben. In jedem möglichen Sinn. Sie erklärte mir die Ungerechtigkeit der Liebe zwischen Mann und Frau; wie sehr sie die Männer beneide, die nur den Spaß dabei hätten, im Gegensatz zu den Frauen, welche die Frucht davon in ihrem Körper tragen und reifen lassen müßten, um sich dann unter Schmerzen bei der Geburt davon zu befreien. Solches Zeug. Sie würde mir bei Gelegenheit gerne einmal zeigen, wovon sie spreche. Und um dem allem Nachdruck zu verleihen, hatte sie ihrem Brief Fruchtbarkeitssymbole in Form von hohlen bemalten Eiern und kleinen getrockneten Kürbissen beigelegt. Mich interessierte das alles nicht. Ich schrieb ihr einen kleinen Schandbrief, so nannte ich das für mich: wie schändlich nämlich ihr Ansinnen sei, und überreichte ihr den Brief in der Schule. Und händigte ihr auch ihren eigenen Brief, samt Beigaben, wieder aus. Danach war Ruhe. Und meine Mutter, der ich es gesagt hatte, weil sie danach gefragt hatte, war über mein Verhalten natürlich empört.

Zeit verging. Nichts änderte sich, außer den Jahreszeiten. Alles ging seinen gewohnten Gang. Das heißt den Gang, an den ich mich gewöhnt hatte, und Shi Xiaorong wahrscheinlich auch. Wohl oder übel. Und im Grunde gar nicht so übel. Außer daß in den Wintern meine morgendlichen und abendlichen Verfolgungsgänge klimatisch, durch Eis und Schnee, manchmal ein wenig erschwert wurden. Aber was hieß das schon. Nach wie vor wäre mir nichts zu schwer und zu umständlich gewesen, um möglichst oft in ihrer Nähe zu sein. Wenn es schon mehr nicht sein konnte. Daran hatte sich im Lauf der Zeit nichts geändert. Unsere Sache oder, wenn ich es von meiner Seite aus betrachte, mit meinen nach wie vor und seit dem ersten Blick nicht weniger verliebten Augen, unsere Herzensangelegenheit war in den immer gleichen Ritualen erstarrt. Man konnte ja nicht einmal sagen, daß sie ins Stocken geraten wäre, sie war nie richtig in Fluß gekommen. Nichts Nennenswertes geschah, sehr zu meinem Bedauern, obwohl ich andererseits auch gar nicht wußte, was eigentlich hätte geschehen sollen. Geschehen können. Zwischen Schüler und Lehrerin. Lehrerin und Schüler. Die Unmöglichkeit alles Möglichen war festgeschrieben, von Anfang an. War vielleicht die Grundbedingung, die Bedingung, ohne die es nicht ging, unseres Verhältnisses. Wenn man es überhaupt ein Verhältnis nennen konnte. Aber wie sonst, wenn nicht ein Verhältnis? Das war das mindeste, was man sagen konnte. Ein Verhältnis zumindest hatten wir miteinander oder hatte wenigstens ich mit ihr. Und immerhin hatte es mich nun schon so lange an der Schule gehalten, von der ich sonst sicherlich bald nach meinem Eintritt wieder abgegangen wäre.

Nur einmal traf ich Shi Xiaorong in dieser ganzen Zeit sozusagen nicht programmgemäß und abseits der gewohnten Wege zur und von der Schule, im Kino. Zufällig. Obwohl ich damals dazu neigte, mehr als einen Zufall darin zu sehen. Unerwartet. Überraschenderweise. Ausgerechnet bei einer geschlossenen und mir daher eigentlich verschlossenen Vorführung von Oshimas berüchtigtem Film *Im Reich der Sinne*, in dem eine Frau aus ihrem Schoß ein gekochtes Ei gebar, das sie vorher hineingesteckt hatte, und ihrem Liebhaber, mit dem sie es aß, am Ende das Glied wegschnitt. In einem kleinen, etwas abseits gelegenen Studiotheater tief unter der Erde, wo der städtische Studentenfilmclub sich regelmäßig zu seinen mehr oder weniger heimlichen Vorstellungen traf. Verbotenerweise hatte ich mich hineingeschmuggelt. Sie gab nicht zu erkennen, daß sie mich sah. Ich gab nicht zu erkennen, daß ich sie sah. Das verband uns ein wenig. Wenigstens an diesem Abend. Keinen Augenblick befürchtete ich, daß sie mich verraten würde.

Mit meinen schulischen Leistungen ging es abwärts. Das war auch anderen aufgefallen. Nicht nur meinen Eltern. Der Klassenlehrer, Herr Wang, stellte mich zur Rede, suchte mit mir nach den Gründen; aber ich konnte es nicht ändern, wollte es nicht einmal ändern; die Gründe, die ich ihm hätte nennen können, nannte ich ihm natürlich nicht.

Hätte ich Shi Xiaorong zur Lehrerin gehabt, wäre ich bestimmt wieder ein guter Schüler geworden, wie ich es vor meinem Schulwechsel und schon in der Grundschule immer gewesen war. Und das nicht nur in ihrem Fach, in Geschichte, nein, überhaupt. Nicht blendend, aber jedenfalls gut genug. Da ich sie nicht hatte, war ich es nicht. Nirgends.

Eine Zeitlang hatte ich mir sogar überlegt, ob ich mich nicht absichtlich am Ende des Schuljahres durchfallen lassen sollte, um die Klasse zu wiederholen und dadurch ein Jahr länger an der Schule, und das hieß, in ihrer Nähe und Reichweite zu bleiben. Als sich aber herausstellte, daß sie mit dem nachfolgenden Jahrgang überhaupt nichts zu tun hatte und auch nichts zu tun bekommen würde, ließ ich den Gedanken fallen und bemühte mich im Gegenteil darum, daß es nicht unabsichtlich dennoch geschah.

Ein Landausflug im darauffolgenden Jahr, den die Parallelklassen gemeinsam unternahmen, brachte eine Wende. Mehr eine Exkursion als ein Ausflug eigentlich, denn das Ganze unterstand auch einem Lehr- oder Lernziel. Inzwischen ging es schon wieder auf den Sommer zu. Wir waren zum Blausee gefahren, mit dem Bus, eine Tagesreise von der Hauptstadt entfernt, in einem Naturschutzgebiet gelegen, geologisch und biologisch interessant, drei Tage sollte die Reise dauern, zwei gingen für An- und Rückreise drauf, natürlich mit einigen Zwischenhalten, mit einigen Umwegen, zwei Übernachtungen gehörten also dazu, auf Staatskosten, wir waren in einem aufgegebenen Kadettenausbildungslager untergebracht.

Am Abend der Ankunft geschah gar nichts mehr, da waren wir nur noch hungrig und müde von der Reise. Der zweite Tag war ganz dem eigentlichen Zweck der Fahrt, dem Klassifizieren von Steinen und Pflanzen und dem Anlegen von entsprechenden Sammlungen, vorbehalten. Frau Shi, als Geschichtslehrerin, hatte dabei keine besondere Funktion; sie war nur Begleitung.

Nachdem wir das Tagespensum hinter uns hatten, aber noch vor dem Essen gab es einen gemeinsamen Abendspaziergang um den Blausee herum. Der Blausee hatte seinen Namen von seiner auffälligen opalisierenden Farbe, die wiederum durch seinen speziellen hellgrauen Schieferuntergrund zustande kam, wie uns der Geographielehrer erklärt hatte; sie war um so auffälliger, als sie gegen das helle und dunkle Grün der ihn umgebenden Waldungen stand. Das Besondere an dem See, außer seiner Farbe, war offenbar, daß er keinen sichtbaren Abfluß hatte, und auch die Quelle, die ihn speiste, war unsichtbar. Das wollten uns die Exkursionsleiter vorführen.

Wir gingen langsam, mal so, mal so, in verschiedenen Gruppierungen, die sich immer wieder neu bildeten, sei es unter Mädchen und Mädchen und Jungen und Jungen oder unter Jungen und Mädchen. Da ich zu niemandem gehörte, ging ich meistens allein und meistens zuhinterst. Der Geographie- und der Biologielehrer führten den Zug an, die Geschichtslehrerin ging als Lumpensammlerin am Schluß. Ich ließ mich zu ihr zurückfallen, so daß wir nebeneinander gingen. Sie stellte mir eine Frage, ich beantwortete sie, dann noch eine, zu meinem Herkommen, nach meiner früheren Schule, sie kannte Lehrer dort, und was ich werden wollte. Ich sagte, ein Dichter.

Sie lachte. Aber ich sagte ihr, ich meinte es ernst. Da lachte sie nicht mehr, sondern lächelte nur noch. Wir gingen langsamer. Wir blieben etwas zurück. Wir blieben allein. Wir setzten uns auf eine Bank; das heißt, sie setzte sich auf eine Bank und forderte mich auf, mich neben sie zu setzen. Wir sahen auf das ruhige Wasser hinaus, auf dem nur ein paar Enten herumschwammen; das sich in der Abendluft leise kräuselte. Von den Waldrändern her war die Dämmerung bis an die Ufer gekrochen, bis auf die Wasseroberfläche hinaus. Der Tag kühlte sich ab. *The cool of the day*, wie unsere Klassenfeinde, die Amerikaner, deren Sprache wir in der Schule lernten, diese Tageszeit nannten. Wir fröstelten beide ein wenig. Sie rückte näher zu mir heran. Sie legte mir den Kopf an die Schulter, indem sie sich in eine leichte Schräglage rutschen ließ. Ich legte ihr den Kopf an den Kopf. So blieben wir eine Weile.

Dann begannen wir uns zu streicheln. Dann begannen wir uns zu küssen. Ich kannte das bisher nur aus den Filmen. Zuerst nur Lippen an Lippen. Mund auf Mund. Dann mit den Zungen. Sie leckte mir mit der Zunge die Lippen. Die Zähne. Sie steckte mir die Zunge tief in den Rachen. Obwohl es mich ekelte, tat ich ihr alles gleich. Es stieß mich ab, aber gleichzeitig erregte es mich. Während ich sie küßte, legte ich ihr eine Hand auf die Knie, wie ich es im Kino gesehen hatte. Ich schob ihr den Rock zurück. Ich schob ihr die Hand zwischen die Beine. Sie ließ es geschehen. Mehr noch, sie führte mit ihrer Hand meine Hand an ihr Geschlecht. Ich spürte das feste Fleisch ihrer Schenkel. Mit den Fingern rieb ich ihr über das Höschen, das sich über ihrem Schamhügel spannte. Ich fand die Rinne. Sie wurde feucht. Meine Finger wurden feucht. Es war klebrig. Wieder ekelte ich mich ein wenig. Ich zog die Hand, die sie noch immer mit ihrer Hand festhielt, zurück, unter dem Rock hervor, sie führte sie sich an den Mund, an die Lippen, unter die Nase, sie leckte mir die Finger sauber. Dann brachen wir ab. Dann brachen wir auf, verlegen, beschämt, hastig, um die anderen wieder einzuholen.

Inzwischen war es fast dunkel geworden. Als ich auf mein Zimmer kam, spülte ich mir als erstes mit Zahnpasta den Mund aus und wusch mir mit Seife die Hände. Mich schauderte vor all den Bazillen, die da im Wald, am See den Wirt gewechselt hatten; so hatten wir es ja im Gesundheitsunterricht, der Teil des Biologieunterrichts war, gelernt.

Beim Abendessen setzte Shi Xiaorong sich mir gegenüber, als ob nichts gewesen wäre. Als ob sie mich gar nicht kennen würde. Ich meine, über das hinaus, wie sie auch alle anderen kannte. Wie sie vor allem ihre eigenen Schüler kannte. Nur manchmal berührte sie während des Essens wie zufällig mit ihren Füßen unter dem Tisch meine Füße. Aber oberhalb der Tischplatte, auf der inzwischen rundherum mit Stäbchen in Schalen herumgestochert wurde, tat sie, als ob nichts wäre, als ob es mich da gar nicht gäbe, sprach links und rechts an mir vorbei mit den anderen, und ich versuchte es umgekehrt auch, so daß niemand sonst etwas von uns bemerkte. Unser Geheimnis baute unsichtbar eine Wand um uns auf.

Das war also das Blausee-Erlebnis gewesen. Es hatte mich erschüttert. Es hatte die Welt erschüttert. Aus den Angeln gehoben. Umgestürzt. Über den Haufen geworfen. Ich mußte versuchen, mich darauf wieder einzurichten. Auf dem Scheißhaufen, der meine Welt war.

Ich blieb die ganze Nacht wach. Oder doch die halbe. Steckte mit meiner Unruhe auch noch den Mitschüler an, mit dem ich bei der Zimmerverteilung zufällig zusammengelegt worden war. Was hast du? fragte er mich. Aber ich hatte ja nichts, ich hatte ja nichts zu haben. Und am darauffolgenden Morgen war alles vorbei. Alles war von Stund an wieder genauso wie vorher. Wenigstens in der sichtbaren Welt. Zumindest auf ihrer Seite. Für Shi Xiaorong. Auf der Heimfahrt im Bus war ich für sie wieder einer der Schüler aus der Parallelklasse, die sie zusammen mit anderen Lehrern auf dem Ausflug begleitet hatte, sonst nichts. Sie kannte mich nicht. Sie wollte mich nicht mehr kennen. Sie wollte mich nicht gekannt haben.

Zu Hause war es dasselbe. Alles war wieder wie immer. Alles war wieder, wie es vorher gewesen war. Ich suchte sie. Ich grüßte sie. Sie suchte mich nicht, sie suchte mich eher zu meiden, aber das bildete ich mir vielleicht auch nur ein; wenn es sich nicht vermeiden ließ, grüßte sie mich zurück. Ich begleitete sie weiterhin aus der Ferne, ging vor ihr oder hinter ihr her. Sonst nichts. Darüber hinaus nichts.

Das ging wieder eine Weile so. Dann hielt ich es nicht mehr aus. Ich begann, ihr zu schreiben. Ich schrieb ihr verzweifelte Briefe. Sie sind ja bekannt. Sie haben sie gewiß in den Akten. In die Schule, nach Hause, zu ihrer Mutter. Liebesbriefe, Werbebriefe, Erinnerungsbriefe, Drohbriefe, Erpresserbriefe, Schandbriefe. Nichts, keine Reaktion, keine Antwort, keine Erwiderung, weder schriftlich noch mündlich, es kam nichts zurück. Es war, als ob es mich gar nicht gäbe. Als ob es mich nie gegeben hätte. Dabei gab es mich, dabei gab es uns mehr denn je; aber offenbar nur in mir.

Ich träumte von ihr. Das hatte ich früher schon getan. Oder besser: *Es* hatte es früher schon getan, es hatte mir früher schon von ihr geträumt. Wie immer man das ausdrücken soll. Aber jetzt tat es das häufiger. Jetzt tat ich es häufiger. Häufiger, heftiger. Zart, hart, in wilden Verschlingungen. Halb bekleidet und nackt. Ich ritt sie; sie ritt mich. Meine Finger drangen in all ihre Öffnungen. Meine Zunge fuhr in allen Richtungen, von oben nach unten, von unten nach oben, durch sie hindurch, dehnte sich aus, wurde länger und länger, schmaler und schmaler, bohrte sich als Schlange in ihren Mund, schlüpfte aus ihrem Schoß wieder hinaus, und umgekehrt. Ich war außer mir. Ich war in ihr.

Ich muß Sie sehen, schrieb ich ihr. Ich muß Sie haben. Ich will Ihr Freund sein. Ich will Ihr Mann sein. Ich möchte mit Ihnen leben. Ich werde Sie heiraten. Warten Sie auf mich. Ich liebe Sie. Aber sie schrieb nicht zurück.

Sie redete auch nicht mit mir. Sie sagte kein Wort dazu. Weder der Zustimmung noch der Empörung. Nicht einmal aus Angst. Sie wich mir nicht aus; sie kam nicht auf mich zu. Sie gab nicht zu erkennen, ob sie es wußte, daß ich der war, der ihr die Briefe geschrieben hatte. Aber sie mußte es wissen. Und daß ich einer war, der noch ganz anderes mit ihr geteilt hatte. Sie wußte, daß ich sie nicht verraten würde, und natürlich verriet ich sie nicht.

Statt dessen schrieb ich Gedichte. Über uns. Über sie. An sie. Natürlich ohne sie oder mich wirklich zu nennen. Eines schickte ich ihr. Da ich es immer noch weiß, schreibe ich es hier noch einmal hin:

Ich möchte jetzt nahe bei dir
liegen. Meine Begrenzung eng an die deine
fügen. Neben dir leben und sterben
wie einer. Und meine Haut
niemals retten vor deiner.

Vielleicht hieß es statt *niemals* auch *nicht mehr*: Und meine Haut nicht mehr retten vor deiner. Das weiß ich jetzt nicht mehr genau. Und noch ein zweites schickte ich ihr:

So daliegen, so
mit geöffneten Sinnen, als ob
es schon das Skelett wäre.

Den Luftzug spüren, durch
die geweiteten Augen.
Die Nähe des Steins.

Das war der Grundton. So war meine Seele gestimmt. Auch darauf antwortete sie nicht.

Und dann war da plötzlich dieser andere Mann. Von wer weiß woher gekommen. Ich jedenfalls wußte es nicht. Ich fand es auch nicht heraus, wie sehr ich mich auch darum bemühte. Von exotischem, fremdländischem Aussehen. Mit dem sie sich heimlich traf. Immer wieder. Immer öfter. Ich war dabei, wann immer ich konnte. Wann immer ich Wind davon bekam. Ich folgte ihr. Ich folgte ihnen. Ich lauerte ihnen auf. Von dem auch ihre Mutter offensichtlich nichts wissen durfte. So schien es mir zumindest. Der sie jedenfalls nie von ihrer Wohnung abholte und der sie auch nie dorthin zurückbrachte. Der sie immer an derselben Ecke erwartete, der sich immer an derselben Ecke von ihr verabschiedete. Zwei Blöcke, zwei Kreuzungen von ihrem Wohnhaus entfernt. Der älter war als sie. Viel älter. Als ich natürlich erst recht. So kam er mir jedenfalls vor. Aus gebührender Entfernung. Geradezu unanständig viel älter. Um ein halbes Leben älter. Mit dem sie Arm in Arm lange Spaziergänge machte, auf ungewohnten Wegen, in mir unbekannte Stadtteile. Mit dem sie in Teehäuser ging. In die Oper. In Konzerte. Elegant gekleidet. Manchmal in ein Hotel; immer dasselbe. Den sie beim Kommen und Gehen auf die Wange küßte. Der ihr unterwegs manchmal eine Hand um die Taille oder um die Schultern legte. Oder ihr, wenn sie, ins Gespräch vertieft, irgendwo stehenblieben, gelegentlich das Haar aus der Stirne strich. Der offenbar ihr Mann war oder werden sollte. Mindestens ihr Geliebter.

Das stürzte mich in nackte Verzweiflung. Ich trug mich mit Selbstmordgedanken. Ich schmiedete Pläne, wie und wo die Absicht in die Tat umzusetzen wäre, mit größtmöglicher Sicherheit, mit größtmöglicher Wirkung. Am Laternenpfahl vor dem Eingang zu Shi Xiaorongs Wohnblock wollte ich mich aufhängen, damit sie mir die Füße küssen mußte, wenn sie am Morgen aus dem Haus trat, um zur Schule zu gehen. Oder auf dem Weg zur Schule würde ich auf sie warten und mich, wenn sie kam und an mir vorbeiging, mit Benzin übergießen und anzünden, um vor ihren Augen für sie zu verbrennen. Dort, in der Schule, würde ich fehlen, ein großes schwarzes Loch hinterlassen, auch für sie, in das ich sie mit hineinreißen wollte.

Ich malte mir aus, wie sie nun, da ich nicht mehr da war, überall nach mir suchte. Wie sie jetzt, da es zu spät war, wie ein verlorenes Tier in den Gängen, über den Pausenhof, die Treppenhäuser hinauf und hinab, in den Gassen und Straßen, die wir gegangen waren, einer hinter dem andern, auf den Parkwegen herumirrte und Witterung nach mir aufnahm, natürlich vergeblich. Ich stellte mir vor, wie sie jetzt um mich weinte, wie sie Trauer für mich trug, wie sie mir Woche für Woche frische Blumen aufs Grab legte, auch in der kalten Jahreszeit; und wie ich dort lag, unter der Erde, in meiner Urne, und es mit Genugtuung feststellte; und wie sie den Mann, der ihr Mann hätte werden sollen, der sie von mir getrennt hatte, fortwies, fortschickte, weit von sich weg, in die Wüste, über die Grenze, dahin, woher er gekommen war, wo auch immer das war; und ich schaute ihr aus dem Verborgenen, von einer Wolke herab, bei all ihren Handlungen zu.

Aber dann brachten mich der Schmerz und das Selbstmitleid auch wieder zu Bewußtsein, und mit klarem Verstand mußte ich mir sagen, daß ich ja in Wirklichkeit von meinem Tod nichts mehr hätte, wie immer ich es drehen und wenden mochte, daß ich ja gar nicht mehr dabei wäre, wenn sie mich denn suchte und wenn sie mich fände. Diese Einsicht hielt mich von meinem Vorhaben ab. Es kostete mich einige Anstrengung, aber am Ende hatte der Verstand über die Vorstellung gesiegt.

Statt mir tat ich ihr die Gewalt an. An dem bewußten Abend lauerte ich ihr im Park auf. Es war schon dunkel. Von hinten sprang ich sie an. Ich hielt ihr den Mund zu. Ich zog sie ins Gebüsch. Ich zog sie aus. Ich riß ihr die Kleider vom Leib. Ich wollte mit ihr schlafen. Sie wollte nicht. Sie wehrte sich. Ich versuchte, sie zu vergewaltigen. Ich tat es gewaltsam. Jawohl: Ich tat ihr Gewalt an.

Als sie tot war, schnitt ich sie in Stücke; so lange, bis man sie nicht mehr erkannte. Bis *ich* sie nicht mehr erkannte. Dann hörte ich damit auf. Die Stücke verteilte ich im Park und in der Umgebung des Parks. Das Messer, das ich von zu Hause mitgebracht hatte, warf ich in den Ententeich, in dem ich mir auch fürs erste die Hände wusch. Dann ging ich. Dann ging ich nach Hause. So war es. So war es, mehr kann ich nicht sagen.

Ich habe dieses Geständnis im ganzen Umfang freiwillig und ohne äußeren Druck abgelegt. Verfahren Sie mit mir, wie Sie wollen. Da Shi Xiaorong nicht mehr da ist, liegt mir an meinem Leben nichts mehr.

II

Ich hatte ja nicht wissen können, daß sie eines Tages wieder zurückkommen würde, als ich die Vermißtenanzeige für meine Tochter aufgab. In jenem alles verändernden, alles zerstörenden Herbst. Und als die Leichenteile nach und nach auftauchten und ich sie identifizieren sollte, da schien mir tatsächlich das eine oder andere Merkmal auf Xiaorong hinzuweisen. Auf meine Tochter Xiaorong. Und das war schrecklich genug. Das war entsetzlich. Jedes Mal wieder, bei jedem einzelnen Detail. Es war eine Operation am offenen Herzen, bei vollem Bewußtsein. Das brach mir das Herz. Das brachte mich um. Diese ständigen Vorladungen ins gerichtsmedizinische Institut. Ich war tot, obwohl ich lebte. Ich war lebendig tot. Ein Auge, eine Hand, ein Fuß, eine Brust, ein Stück Wange, ein paar Büschel Haare, lauter Einzelteile, und in welchem Zustand, die mich jedes für sich und alle zusammen an meine Xiaorong erinnerten, die nicht mehr da war. An eine

Geste, ein Lächeln, an ihren Gang, an ihren Blick, an ihre Grazie, an ihren ganzen Zauber. Mein Kind, meine Tochter, man muß sich das vorstellen. Die ich allein großgezogen hatte. Das alles hatte ich an ihr geliebt. Die Gerichtsmediziner hatten versucht, es wieder zusammenzusetzen, zusammenzufügen, nach bestem Wissen und Gewissen; aber sicher war natürlich nichts, und alles blieb Stückwerk und tot. Je mehr von ihr wieder da war, um so mehr war sie endgültig weg.

Meine Xiaorong, die verschwunden war, von der ich nichts wußte, da war sie wieder, da war sie, da lag sie vor mir, wenn auch in Stücken. Nach Tagen, nach Wochen der Ungewißheit. Sie war tot, sie war getötet worden, sie war zerstückelt worden. Von einem ihrer Schüler oder von einem Schüler aus einer Parallelklasse. Mit dem sie ein Verhältnis gehabt hatte; den sie auf dem gemeinsamen Schulausflug kennengelernt hatte; der sich in sie verliebt hatte. Das sagte man. Das glaubte ich damals. Das mußte ich glauben aufgrund seiner Briefe, die ich nach ihrem Verschwinden bei ihren Sachen gefunden hatte.

Sie war tot, sie war ermordet worden, und ihr Mörder hatte ihr Briefe geschrieben, auf denen sein Name und seine Adresse standen. Teng Xingshan. Der Weg zu ihm war nicht weit. Ein paar Straßen, ein paar Ecken, ein paar Häuser weiter, die Polizisten hatten leichtes Spiel. Ich hatte ihnen die Spur zu ihm in die Hand gegeben. Sie fanden ihn in der Wohnung seiner Eltern. Sie verhafteten ihn. Sie befragten ihn. Und er legte ohne Zögern ein Geständnis ab, das schließlich zu seiner Verurteilung und Hinrichtung führte. Er schien geradezu glücklich darüber zu sein, daß er so schnell entdeckt und überführt worden war.

Die Briefe, die ich gefunden hatte, die gebündelt in einer Schachtel im Zimmer meiner Tochter gelegen hatten, waren Liebesbriefe gewesen. Liebesbriefe eines Schülers an seine Lehrerin. Besser, an eine Lehrerin, die nicht seine Lehrerin gewesen war, die er sich aber als seine Lehrerin gewünscht hatte. Und nicht nur in ihrem Fach, in Geschichte, sondern auch in Liebesdingen. Das ging aus jeder Zeile, die er an sie geschrieben hatte, hervor. Und offenbar hatte sie ihm zumindest eine Lektion darin schon erteilt gehabt. Die Gedichte, die er den Briefen beigelegt hatte, zwei oder drei, wenn ich mich recht entsinne, waren Liebes- und Todesgedichte gewesen, die dann im Prozeß als Indizien eine gewisse Rolle gespielt haben.

Beweise, im eigentlichen Sinn, gab es tatsächlich keine. Ich war beim Prozeß zugegen. Man hatte mich auch befragt. Ich war Klägerin, ich beklagte meine Tochter; aber in gewissem Sinn war ich auch die einzige Zeugin. Und ich bezeugte, was ich aus eigener Anschauung und aus den vorangegangenen Erzählungen meiner Tochter Xiaorong wußte. Daß es da also einen Schüler gab, in einer ihrer Parallelklassen, der neu an die Schule gekommen war, der sich ganz offensichtlich in sie verliebt hatte. Von ferne, ohne sie zu kennen. Aber offenbar heftig, mit der Kompromißlosigkeit der Jugend, schamlos, absolut; so daß es ihr manchmal lästig geworden war. Der ihr Blicke gab und abforderte, bei jeder Gelegenheit. Der die Gelegenheiten suchte. Der die ganze Zeit um sie herumkreiste, im Schulhaus, vor der Schule, nach der Schule, der sich in ihrer Nähe aufhielt, wo immer, wann immer er konnte, der sie am Morgen sozusagen von zu Hause abholte und am Abend wieder nach Hause zurückbrachte. Stets den Respektsabstand zwar dabei einhaltend, dennoch unübersehbar, aufdringlich, geradezu penetrant, wenn auch vorerst nur im übertragenen Sinn. Den sie dann kennengelernt hatte, auf einem gemeinsamen Schulausflug ihrer Klassen, ins Naturschutzgebiet am Blausee, bei dessen Gelegenheit sie ihm eine Lektion erteilt hatte, wie sie danach einmal sagte, eine einmalige und endgültige Lektion, wie sie es ausdrückte, die er aber offenbar mißverstanden hatte. Die er nicht hatte lernen wollen.

Der ihr dann die besagten Briefe schrieb, die das Mißverständnis in seiner ganzen Tragweite erst recht an den Tag brachten. Ich bezeugte, was in den Briefen stand. Wie man sie lesen konnte. Wie sie meiner Meinung nach aus damaliger Sicht gelesen werden mußten. Daß also dieser Schüler meine Tochter liebte oder zu lieben glaubte, wie er nie zuvor einen Menschen geliebt hatte. Was ja nicht viel heißen mußte, er war noch sehr jung. Trotzdem. Nicht einmal seine Mutter. Nicht einmal seine Kinderliebe, die ihm offenbar plötzlich, kaum daß sie begonnen hatte, abhanden gekommen war, als sie zusammen mit ihren Eltern in die Provinz zog. Auch nicht seine Jugendliebe, ein paar Jahre später, die ihn zuerst vertröstet und ihm dann einen anderen, Älteren vorgezogen hatte, vor seinen Augen, aber hinter seinem Rücken, um die er nicht hatte kämpfen können, wegen seines eigenen Umzugs zusammen mit seinen Eltern in den anderen Stadtteil, meilenweit vom alten und damit von ihr entfernt. Vor allem nicht die Klassenkameradin in der neuen Schule, die ihn über all das hinwegtrösten wollte, über das er gar nicht hinweggetröstet werden wollte; die ihm ein für allemal beibringen wollte, was Liebe sei.

Das alles teilte er meiner Tochter in seinen Briefen mit, treuherzig, dann zunehmend fordernd, als ob sie Schuld daran hätte, als ob sie ihm dafür etwas schuldig wäre. Und daß er jetzt also sie liebte und darum auch von ihr geliebt werden wollte. Und zwar sofort. Daß er sie haben wollte und niemanden sonst; fürs Leben, aber auch im Bett; daß er sie gehabt hatte; daß er mehr davon wollte; alles, immer, um jeden Preis; daß er sie wieder wollte, daß er sie ganz wollte. Und daß er sie, wenn er nicht ganz von ihr bekäme, was er offenbar halb schon bekommen hatte, bei der Schulbehörde anzeigen würde, wegen Verführung eines Minderjährigen, wegen Unzucht mit einem Schutzbefohlenen, der er selber war; daß er sie an die Schulleitung verraten würde; daß er dafür sorgen würde, daß man sie aus dem Schuldienst entlasse, daß sie jedenfalls für den Rest ihres noch jungen Lebens in gesellschaftlicher Ächtung leben müßte.

Davon, von diesen Drohungen und Erpressungen und von der eigentlichen Natur dessen, was ihm Anlaß dazu gab und ihn seiner Meinung nach dazu berechtigte, hatte ich vorher, vor Lektüre der Briefe, nichts gewußt. Meine Tochter hatte mir nicht davon erzählt; aber offenbar war es das gewesen, was sie mir gegenüber als ihre Lektion bezeichnet hatte. Auch jetzt wußte ich nicht wirklich, was ich davon halten sollte. Aber es blieb mir nichts anderes übrig, als ganz einfach zu bezeugen, was in den Briefen stand, was ja auch in den Briefen gestanden hätte ohne dieses mein Zeugnis, was ohnehin schon bekannt war, und es für mehr oder weniger wahr zu halten. Es war eine Formsache, und ich wußte es damals nicht anders.

Ich bezeugte, weil es so war, daß er ihr dann wie die Briefe auch die Gedichte geschrieben und geschickt hatte. In denen er Liebe und Tod in eine fatale, gefährliche Nachbarschaft brachte, wie die Gutachter feststellten. In eine jedenfalls für ihn selber dann, wie sich herausstellte, wenn nicht für Xiaorong, gefährlich werdende und gefährlich gewordene Nachbarschaft. Aus denen man ihm jedenfalls dann einen Strick gedreht hat. Nicht bildhaft, ganz wörtlich: nicht *einen*, *den* Strick. Buchstäblich: den Strick, an dem man ihn aufhängte. Das kann man wirklich so sagen, auch wenn er in Wirklichkeit natürlich, wie das bei uns üblich ist, mit einem Genickschuß vom Leben zu Tode befördert worden ist.

Und ich bezeugte schließlich, daß dieser Schüler, der Xiaorong belästigt und ihr die Briefe und die Gedichte geschickt hatte, der verdächtigte Teng Xingshan gewesen war. Das hatte ich aus dem, was in den Briefen stand und was ich von meiner Tochter über den Briefschreiber aus ihrer Schule gehört hatte, geschlossen. Das ging aus den Umständen hervor. Das hatten auch alle Abklärungen der Polizeiorgane einwandfrei und unzweideutig, wie im Laufe des Prozesses gesagt wurde, ergeben. Wer sonst hätte es gewesen sein sollen? Auch der Schriftvergleich und eine graphologische Expertise führten zu keinem anderen Ergebnis als zur Identität des Brief- und Gedichtschreibers mit dem fraglichen Schüler Xingshan. Daß daraus dann vor Gericht der Schluß gezogen wurde, daß er also der Mörder der Toten sei, die man aufgefunden hatte, die freilich bis zur Unkenntlichkeit entstellt war, die ich für meine verschwundene

Tochter hielt, und nicht nur ich, dafür konnte ich nichts. Aber es schien mir logisch, das gebe ich zu, es schien mir tatsächlich erwiesen, wie dem Gericht, ich zog diesen Schluß auch. Und ich wäre nicht einmal auf die Idee gekommen, etwas anderes zu denken.

Die DNA-Analyse, von der man heutzutage so viel spricht, mit Hilfe derer man offenbar in der Lage ist, jeden Irrtum in so einem Fall auszuschließen, gab es ja damals noch nicht. Oder wenn es sie schon gab, wurde sie jedenfalls nicht angewendet. Hätte es sie gegeben und wäre sie angewendet worden, hätte sie wohl nicht nur zweifelsfrei an den Tag gebracht, daß die Ermordete nicht meine Tochter, sondern auch, daß der Verdächtigte und Angeklagte nicht ihr Mörder war. Gar nicht sein konnte. Wie es sich jetzt herausgestellt hat. So aber schien die Beweislage eindeutig. Jedenfalls stellte das Gericht es so dar. Auch wenn die Beweise selbst strenggenommen keine Beweise, sondern lediglich Indizien waren. Eine Kette von Indizien. Deren wichtigste, belastendste Glieder, neben den schriftlichen Drohungen, zwei Gedichte, ein Liebes- und ein Todesgedicht, waren aus der Feder eines pubertierenden, mit sich weder ein noch aus wissenden Halbwüchsigen, der selbst von Liebes- und Todessehnsucht getrieben war, begleitet von einem entsprechenden Gutachten. Nebst einer mehr als zufällig erscheinenden Koinzidenz von Ereignissen, die leider nur allzugut zusammenpaßten. Und man hatte ja das Geständnis. Das Gewicht des Geständnisses. Es hätte jeden Zweifel, wenn es denn einen Zweifel gegeben hätte, selbstredend aufgewogen. Aufgewogen und aufgehoben. Von Anfang an war da dieses Geständnis. Das alles bestätigte. Warum um Himmels willen hätte ein Unschuldiger ein solches Geständnis ablegen sollen? Und wie? Woher hätte er denn all die Umstände, die zur Tat führten, und der Tat selber kennen sollen? Und die kannte er ja. Es war schon erstaunlich genug, daß ein Schuldiger das alles gestanden hatte.

Der Prozeß war kurz. Kaum hatte er begonnen, war er auch schon zu Ende. Ich war noch gar nicht zur Besinnung gekommen. Sie machten kurzen Prozeß mit Teng. Und er nahm es ungerührt hin. Ich sah ihn ja dort, die ganze Zeit. Ich sah ihn an. Er machte keinerlei Anstalten, sich zu verteidigen. Auch nicht, sich zu entschuldigen. Ich schaute ihm in die Augen, ich versuchte, ihm in die Augen zu schauen. Er zeigte keinerlei Regung. Ich versuchte zu sehen, was meine Tochter in ihm gesehen hatte. Gesehen haben mochte. Gesehen haben mußte. Vorher und als er es tat. Während seiner abscheulichen Tat. Falls sie da überhaupt noch etwas gesehen hatte. Er nickte nur manchmal. Er bestätigte nur immer, was man ihm vorhielt. Und im übrigen, wenn ihn die Erinnerung zu verlassen schien, verwies er auf sein Geständnis. Auf das, was er schon vor dem Prozeß zu Protokoll gegeben hatte. Als man ihm das Urteil vorlas, senkte er nur den Kopf.

Ich gab mich zufrieden, soweit man in einem solchen Zusammenhang überhaupt von Zufriedenheit sprechen konnte. Oder durfte. Etwas wie Genugtuung, inmitten des Schreckens, des Grauens, des Nichtwiedergutzumachenden, glaube ich aber in jenen Tagen und Wochen tatsächlich verspürt zu haben. Der Fall war damit abgeschlossen. Der Täter seiner gerechten Strafe zugeführt. Mir jedenfalls kam diese Strafe damals gerecht vor. Gerechtfertigt. Gerecht oder gerächt, für mich war es in jenem Moment, unter den damaligen Umständen, dasselbe. Ein junger Mann hatte, warum auch immer, vielleicht aus enttäuschter Liebe, das ging mich nichts an, das hatte für mich keine Bewandtnis, meiner Tochter das Leben genommen. Ihm wurde dafür sein Leben genommen. Das war rechtens. Von Rechts wegen. Das war richtig so. Das war gut so. Gleiches mit Gleichem vergolten. Das mußte so sein. Auf Mord stand die Todesstrafe. Zu Recht. Auch für einen jugendlichen Täter. Die Strafmündigkeit hatte er zum Zeitpunkt der Tat schon erreicht. Bei seiner Hinrichtung, zwei Jahre später, gegen die er niemals Berufung eingelegt hatte, war ich dabei.

Nur meine Tochter Xiaorong brachte mir das auch nicht mehr zurück. Meine Tochter blieb fort. Blieb mir genommen. Für immer, wie ich vernünftigerweise denken mußte. Ein für allemal.

Jetzt, im nachhinein, da man es anders weiß, da auf alles ein anderes Licht fällt, tut es einem natürlich entsetzlich leid, was mit dem unglücklichen Teng Xingshan geschehen ist. Mit dem unglücklich verliebten, verirrten, unglücklich sich verrennenden, unglücklich um sein Leben gekommenen Schüler Teng Xingshan, wie man heute wahrscheinlich sagen muß.

Aber hätte man etwas anders machen können, damals? Hätte ich es anders machen können? Wie? Mit dem Wissen, mit der Gewißheit, die ich damals hatte? Ich war die Mutter. Meine

Tochter war verschwunden. Und da war eine Tote, die meiner Tochter ähnlich sah, soweit man das bei ihrem Zustand, beim Grad ihrer Versehrung, nach ihrer Herrichtung noch erkennen konnte. Die gewisse Merkmale mit meiner Tochter teilte. Alter, Haarfarbe, Hautfarbe, Größe. Die meine Tochter hätte sein können. Und da war ein möglicher Mörder, der meine Tochter gekannt hatte, der meine Tochter geliebt hatte, der meiner Tochter gedroht hatte, weil sie ihn nicht wiederliebte – und der überdies ein vollumfängliches Geständnis über all das und über seine daraus folgende mörderische Tat abgelegt hatte. Freiwillig abgelegt. Was auch immer das hieß. Was sollte ich machen? Wie hätte ich daran zweifeln können? Warum um Himmels willen hätte ich an all dem auch nur im geringsten zweifeln sollen?

Daß meine geliebte, verlorene Xiaorong indessen auf der anderen Seite der Welt ein lustiges Leben führte, konnte ich zu jenem Zeitpunkt ja nicht wissen. Woher auch? Nichts hatte eine solche Entwicklung der Dinge angedeutet. Durch nichts hatte sie sich angekündigt. Jedenfalls hatte ich nichts dergleichen wahrgenommen. Sie hatte mir nichts gesagt. Geschweige denn mich ins Vertrauen gezogen. Sie hatte keinerlei sichtbare Vorbereitungen für eine bevorstehende Abreise wohin auch immer getroffen. Auch war es zur fraglichen Zeit noch nicht leicht gewesen, überhaupt aus unserem Land auszureisen. Von dem Mann, mit dem sie sich in ihren letzten Wochen in Peking getroffen haben sollte, erfuhr ich zum erstenmal aus dem Gerichtsprotokoll. Sie hatte sich von mir nicht verabschiedet. Sie hatte sich von dort, wohin sie gegangen war, nie bei mir gemeldet. Bevor sie zurückkehrte, nach zwanzig Jahren, hatte ich von ihrer Existenz nichts mehr gewußt.

An ihrer Stelle gab es ihr Grab. Zumindest hielt ich es für ihr Grab. Ihr Name, ihr Geburts- und ihr Sterbedatum waren in die Platte eingraviert, die es verschloß. Letzteres, den Zeitpunkt des Todes, hatte die Gerichtsmedizin aus dem Zustand der Leiche bei ihrem Auffinden rekonstruiert. Dann, nach Abschluß der Untersuchungen, waren die Überreste der Toten verbrannt und eingeäschert und in eine Urne gegeben worden, die ich anfangs beinahe täglich, später immer noch mit einer gewissen Regelmäßigkeit aufsuchte. Was hätte ich anderes tun können? Es war das einzige, das mir blieb, um die Erinnerung an Xiaorong wachzuhalten und ihr Gedächtnis zu ehren.

Mit einem älteren Herrn wahrscheinlich ausländischer Herkunft hatte sie sich in ihrer letzten Zeit in Peking also getroffen, war sie ins Theater, in die Oper, in die Teehäuser, in Hotels gegangen, so weit reichte die Spur, so viel hätte ich von ihrem anderen Leben, von seinen Anfängen wenigstens, wissen können, das hatte ihr Schüler oder Nichtschüler, ihr Mörder oder Nichtmörder in seinem Geständnis berichtet, das war ihm der Dorn im Auge, der Stachel im Fleisch gewesen, wenn man alles glauben wollte, was er behauptete. Vielleicht hätte mir das ja die Augen öffnen können; aber es öffnete mir die Augen nicht. Ich weiß nicht, warum ich nie auch nur auf den Gedanken gekommen bin, daß dieser geheimnisvolle ältere Herr ihr Vater hätte gewesen sein können.

Aber er war es, er war es gewesen. Heute weiß ich es. Aus ihrem Mund. Wer anders als er hätte dieser im Gerichtsprotokoll als exotisch beschriebene, fremdländisch aussehende Mann denn sein können, sein sollen? So weit verbreitet, so oft gesehen waren zu jenem Zeitpunkt Fremde bei uns noch nicht. Aber es kam mir nicht in den Sinn; er fiel mir damals nicht ein. Ein französischer Professor war er gewesen. Aus Straßburg, hatte er gesagt; wer wußte bei uns, wo das war. An der Grenze zwischen Frankreich und Deutschland. Weit weg. Auf der anderen Seite der Welt. Für ein Semester war er zu uns herübergekommen, an die Philosophische Fakultät der Pekinger Universität, als Gastdozent für französische Literatur, im Austausch mit einem Dozenten von hier, der dafür nach Paris gegangen war.

Ich hatte ihn anläßlich seiner Antrittsvorlesung kennengelernt, bei seiner Vorstellung vor den nderen Fakultätsmitgliedern, ich war als Dolmetscherin dabei. Die Situation entbehrte nicht einer gewissen peinlichen Komik; ich übersetzte sein etwas steifes Englisch, das wohl eher ein Wort für Wort übertragenes Französisch war, für die anwesenden Honoratioren ins Chinesische und das Chinesisch der Honoratioren zurück in mein eigenes notdürftiges Englisch. Was er wiederum daraus machte, war nicht ganz klar; er sprach Französisch und Deutsch, aber damals legte er vor allem seine Stirn in Falten; jedenfalls hatten die Fragen und Antworten, die so hin und her gingen, nicht viel miteinander zu tun und dienten weniger der gegenseitigen Verständigung als vielmehr der allgemeinen Erheiterung. Jedenfalls kam ich so mit ihm ins Gespräch.

Er gefiel mir. Er war schüchtern. Er war unsicher in der ihm fremden Welt. Er kam mit der kommunistischen Ordnung draußen und mit den hierarchischen Verhältnissen drinnen, an unserer Universität, nicht zurecht. Er wirkte hilflos. Er war so schutzlos blond und blauäugig unter all uns schwarzhaarigen, schwarzäugigen Menschen. Ich bot ihm meine Hilfe an, für die drei Monate, die er bei uns war; er nahm sie an. Ich war allein; mein erster Mann war mir aus politischen Gründen, die hier nichts zur Sache tun, abhanden gekommen; ich war frei. Ich wurde seine Begleiterin, seine Führerin, nicht nur in den beruflichen Dingen. Ja, und dann wurde ich auch seine Geliebte. In meiner Wohnung. Meine Wohnung war leer. Meinen Mann hatten sie daraus abgeholt.

Ich lud den Fremdling zu mir ein, zum Tee, zum Essen, so fing es an. Er schlief oft bei mir. Er lenkte mich ab. Er gab mir zu tun. Die Verhältnisse in der Wohnung, in die sie ihn einquartiert hatten, im Studentenhaus, waren prekär. Zumindest aus der Sicht eines Landesfremden. Seine Wohnung war eigentlich nur ein Zimmer, mit einem Spirituskocher als Küche; Bad und Toilette, oder was sich so nannte, waren auf dem Flur, schräg gegenüber, und mußten zudem mit den Studenten geteilt werden. Das Ganze im siebzehnten Stockwerk. Die paar Studierenden, die seine Vorlesungen besuchten und denen er eine Vorstellung von der Literatur seines Landes vermitteln sollte, wie auch immer, verstanden kaum Französisch. Er war im Begriff, an seinem Auftrag zu verzweifeln. Er kroch gern bei mir unter.

Einmal fragte er mich, ob er mich nackt sehen dürfe. Das hatte mich so vorher noch keiner gefragt. Mein Mann schon gar nicht. Der hatte überhaupt nie gefragt. Ich war belustigt. Er durfte. Er sagte, in seinem Land erzähle man sich, daß den asiatischen Frauen der Schlitz zwischen den Beinen nicht wie ihren eigenen Frauen in der Vertikalen, sondern horizontal, also quer unten am Bauch sitze. Und daß er sich wie der Augenschlitz öffne und schließe. Die Männer in Frankreich erzählten sich das. Er war ein wenig enttäuscht, daß es bei mir nicht so war.

Als ich entdeckte, daß ich schwanger war, war das Semester bereits zu Ende. Mein weltfremder Herr Professor war wieder zurück in seiner Heimat. Er wußte nichts von seinem Glück oder Unglück; ich weiß ja nicht, wie er es aufgefaßt hätte. Ich hatte es ihm nie mitgeteilt; es hätte die Sache nur noch komplizierter gemacht. Wir hatten uns voneinander verabschiedet in der Gewißheit, daß wir uns nie im Leben wiedersehen würden. Wie auch, wir lebten in getrennten Welten. Und das würde so bleiben, wir wollten alles so lassen, wie es gewesen war, nämlich gut, nämlich vorübergehend, nämlich einmalig. Ich hatte den Kontakt zu ihm nach ein, zwei Briefen, die noch hin- und hergingen, in den ersten Wochen, höflicherweise, ganz abgebrochen.

Was hätte ich anderes tun sollen? Es war vernünftig. Es war staatskonform. Mit dem Klassenfeind ging man keine Verbindung ein. Über den Augenblick, über das Gebot der Stunde hinaus. Schon gar nicht durch ein Kind. Sie hätte mich, wenn sie ruchbar, wenn sie gar offiziell geworden wäre, nur in den Stand der Schande gebracht. Und das Kind erst recht. Wie das auf seiner Seite gewesen wäre, in seinen Verhältnissen, wußte ich nicht, davon hatte ich keine Vorstellung, darüber machte ich mir auch nicht wirklich Gedanken. Aber wenn man dort so über die asiatischen Frauen sprach, wie er es mir erzählt hatte, konnte es auch nicht viel besser sein. Dem Kind sah man seinen Erzeuger nicht an, glücklicherweise, genetisch hatte ich mich durchgesetzt, hatte sich die gelbe Rasse gegenüber der weißen als stärker erwiesen. Nur Xiaorongs in unserer Welt auffällig offene Augen erinnerten mich noch an ihn. Das Schweigen über alles war ich gewohnt, das ist in unserer Gesellschaft nichts Außergewöhnliches. Über das Verschwinden meines ersten Mannes durfte man auch nicht sprechen, da fiel das Stillschweigen über den zweiten nicht ins Gewicht.

Aber Xiaorong hatte ich später von ihm erzählt. Warum hätte ich das nicht tun sollen? Sie hatte nach ihrem Vater gefragt. Das war nur natürlich. Ihre Klassenkameradinnen und Klassenkameraden hatten Väter. Die meisten. Sie wollte auch einen haben. Und sie bekam einen. Und was für einen. Den tollsten, den liebsten, den aufregendsten Vater sollte sie haben. Ich erfand ihn für sie, aus der Erinnerung, in der Phantasie. Und ich erfand ihr die Welt dazu, jenseits der unseren, weit von uns weg, aus der er gekommen war, in die er wieder entschwunden war. So war es ja wirklich gewesen. Für Xiaorong war es ein Märchen.

Sie war es zufrieden. Das jedenfalls glaubte ich. Wie alle Mütter wollte ich ein glückliches Kind. Und ich hatte es. Davon ging ich aus. Es war mir gelungen, mein Kind glücklich zu machen, auch unter unglücklichen Umständen, das hoffte ich. Xiaorong mit einem Vater zu beglücken. Mit einem ganz besonderen Vater. Mit einem geheimnisvollen Vater. Dessen Geheimnis sie mit mir teilen durfte. Dessen Geheimnis sie darüber hinaus mit mir bewahren sollte. Das gab ihm seinen besonderen Wert. Daß sie sich mit dem Bild von ihm, das ich ihr zeigte, auf die Dauer nicht begnügte und wie sich meine Erzählungen von ihm in ihrer kleinen Seele eingepflanzt hatten, wie sie fortlebten, auch in der Wirklichkeit, bis in die Gegenwart, davon wußte ich nichts. Davon ließ sie mich nichts wissen. Sie hatte jetzt mit ihm ihre eigene Geschichte, die sie nicht mit mir teilte.

Sie hatte mich nach ihm gefragt; ich hatte ihr von ihm erzählt. Sie hatte nach ihm gesucht, in ihren Gedanken, in ihren Kinderträumen, später, als sie erwachsen genug dazu war, auch in der wirklichen Welt. Ohne mein Wissen, heimlich, hinter meinem Rücken, ohne mir etwas davon zu sagen. Vielleicht, weil sie mich schonen, weil sie mich nicht verletzen wollte, nicht an die Schande meiner frühen Jahre erinnern, vielleicht aber auch, weil sie ihren Vater für sich allein haben wollte. Lange genug hatte sie ihn schließlich entbehrt. Und das durch meine Schuld.

Sie hatte also nach ihm gesucht, hinter meinem Rücken, ohne mir etwas zu sagen, hatte seine Spur aufgenommen. Über die Universität, an der er Gastdozent für französische Literatur gewesen war, das wußte sie von mir, vor ihrer Lebenszeit, daran angrenzend sozusagen, das hatte ich ihr erzählt. Sie ließ nach ihm suchen, von befreundeten Studenten, die ein Europastipendium hatten. Ein Amt in Frankreich hatte ihn schließlich gefunden.

Sie schrieb ihm, von der Schule aus; er schrieb ihr zurück, an die Schule, mit aller gebotenen Diskretion. Seine mir vertraute, liebenswürdige Art. Sie bat ihn, sie zu besuchen; er kam. Ohne Umschweife, ohne viel Federlesens. Sie holte ihn vom Flughafen ab. Er war nicht zu übersehen. Sie trafen sich. Sie gingen zusammen aus. Ins Theater, in die Oper, ins Teehaus. Sie machten lange Spaziergänge. Sie besuchte ihn im Hotel. Er war der Mann aus dem Geständnis ihres Mörders. Oder dessen, den man damals für ihren Mörder hielt. Als man sie für ermordet hielt. Ich auch. Ich zuerst. Der sich durch sein Geständnis zu ihrem Mörder machte. Der sich davor gefürchtet hatte wie vor sonst nichts auf der Welt, daß dieser fremde Mann sie ihm nähme. Am Ende war sie mit ihm gegangen. Er hatte sie mit sich genommen.

Zu keinem Zeitpunkt hatte sie mich ins Vertrauen gezogen. Sie hatte niemanden eingeweiht, mich nicht, die Schule nicht, sonst hätte sie womöglich nicht gehen können. Hätte sich vielleicht beirren lassen. Hätte Rücksichten genommen, von denen sie lieber gar nicht erst wußte, daß sie zu nehmen gewesen wären. Sie war einfach gegangen. Von heute auf morgen. Mit einem Touristenvisum, mit einer Ausreisegenehmigung, die sie sich irgendwann, irgendwo erschlichen hatte, ich will gar nicht wissen, wie. Einfach gegangen, ohne Ankündigung, ohne Kündigung. Mit ihrem Vater. Ohne sich aus dem Leben hier abzumelden. Hatte mich einfach allein hier zurückgelassen. Aus heiterem Himmel, wie man sagt. Ohne Möglichkeit, etwas zu begreifen. In dunkler Nacht, die plötzlich über mich hereinbrach. Wie hätte ich nicht glauben sollen, daß sie tot sei? Daß meine Tochter Xiaorong die Tote sei, die man im Park gefunden hatte? Nur ein paar Tage nach ihrem Verschwinden? In unidentifizierbarem Zustand? Ich habe sie identifiziert damals. Das, was von ihr übriggeblieben war. Was von ihr übriggeblieben zu sein schien. Ihre Stücke. Damit ich überhaupt wieder so etwas wie eine Tochter hatte.

Indessen hatte ihr Vater, der Herr Professor aus Straßburg, ihr an seiner heimischen Universität eine Stelle verschafft, an der Philosophischen Fakultät, in der sinologischen Abteilung, als Chinesischlehrerin für ein paar versprengte Studenten, die sich, aus bloßer Neugier, für eine nichtindogermanische Sprache interessierten oder aber für deren Vermittlerin. Sie lebte bei ihm oder mit ihm, ich weiß es nicht, sie hat sich darüber nie mit mir ausgesprochen. Ich meinerseits habe nicht nachgefragt, aus welchen Gründen auch immer. Ich wollte es nicht wissen. Es ging mich nichts an. Wenn es mich etwas angegangen wäre, hätte sie es mir von sich aus erzählt. Das sage ich mir. Von ihrem Leben in der Zeit, in der ich sie für tot hielt, weiß ich bis heute nichts oder nicht viel.

Sie war verschwunden und wieder aufgetaucht. Sie war gestorben und wieder auferstanden. Das war alles. Das war zumindest die eine Seite. Sie hatte ihren Vater gefunden und wieder verloren, das war die andere. Was dazwischen gewesen war, in welcher Hölle, in welchem Himmel sie dazwischen gelebt hatte, wußte und weiß ich nicht.

Ihr Vater war plötzlich gestorben; da war sie zurückgekehrt. Schon länger hatte er an einer seltenen Krankheit gelitten, die offenbar unheilbar gewesen war, an Blutgefäßrheumatismus, wenn ich es richtig verstanden habe, der viel zu spät als solcher erkannt worden war, den man so vorher wohl gar nicht gekannt hatte. Er war vorzeitig emeritiert, um sich zu schonen, aber es hatte nichts mehr genützt.

Es paßte zu ihm. Zu dem Bild, das ich von ihm immer noch hatte und immer noch habe, tief in mir drin. Gekränkelt hatte er immer. Schon damals, als ich ihn kannte. Als er noch jung war. Als Hypochonder war er wohl auf die Welt gekommen. Davon hätte ich meiner Tochter und seiner Tochter schon ein Lied singen können, als ich ihr noch Lieder sang. Hätte ich es doch gesungen! Aber ich habe es nicht gesungen. Ihr nicht und mir nicht.

Ich hatte ihn einmal geliebt. Er war ein Stück meines Lebens gewesen. Vielleicht das beste. Auf jeden Fall das nachhaltigste, wenn man die Folgen bis heute bedenkt. Also doch nicht das beste. Wie soll man das sagen? Wie soll man das lösen? Nichts von dem, was geschehen ist, wäre geschehen, wenn er nicht gewesen wäre. Wenn er nicht gekommen wäre. Wenn er nicht bei mir geschlafen hätte. Wenn er nicht so über alle Maßen fremd gewesen wäre. Auch unsere gemeinsame Tochter nicht. Vor allem unsere gemeinsame Tochter nicht. All das Gute und Schlimme, das mit unserer Tochter zusammenhängt, hätte es ohne ihn nicht gegeben. Ohne ihn? Hatte er keinen Namen? Doch, natürlich hatte er einen Namen. Mein halbes Leben lang habe ich mich darin geübt, ihn nicht zu nennen, darum behalte ich ihn auch jetzt für mich.

Auch Teng Xingshans Liebe zu Xiaorong, Shi Xiaorong, hätte es nicht gegeben. Wenn man es Liebe nennen kann. Passion. Obsession. Verletzte Zärtlichkeit. Verletzte Kindlichkeit. All das, was zu all dem geführt hat, von dem wir hier sprechen. Seine Tat, die es gar nicht gegeben hat, hätte es nicht gegeben. So oder so. Oder wie soll man das ausdrücken? Es ist alles so kompliziert. Sein Geständnis hätte es nicht gegeben. Seine Verurteilung hätte es nicht gegeben. Meine Anklage hätte es nicht gegeben. Zu seiner Hinrichtung wäre es nicht gekommen.

Das alles tut und tat mir im nachhinein natürlich entsetzlich leid. Teng Xingshan tat mir leid, der das Opfer all dessen geworden war. Nicht das einzige, aber das erste und das letztendliche Opfer. Er hatte, er hat von meinem Mitleid nichts mehr. Beinahe mehr noch als er tun und taten mir seine Eltern leid, die ich beim Prozeß seinerzeit ja von ferne gesehen hatte. Wer wüßte besser, wer hätte besser gewußt als ich, was es hieß, sein Kind zu verlieren? Bis auf den heutigen Tag weiß ich nicht, wofür Xiaorong sich an mir auf diese Weise gerächt hat. Sie hat es mir nie gesagt.

III

Wir hatten eine Vermißtenanzeige, und wir hatten eine Leiche. Und beides paßte zusammen. Die Vermißtenanzeige war am Montag, den 3. Oktober, bei uns eingegangen, der Leichenfund, genauer gesagt der Fund des ersten Teils derselben, datierte vom 8. Oktober, dem Samstag derselben Woche. Kinder hatten beim Spielen im Park ihren Müttern eine Hand mitgebracht, die sie in einem Sandhaufen ausgegraben hatten. Polizeiliche Nachforschungen und der Einsatz von Suchhunden an den darauffolgenden Tagen in den umgebenden Anlagen hatten bald auch die übrigen Teile, die im Buschwerk, in den Teichen und in Laubhaufen unter Bäumen versteckt gewesen waren, zutage gefördert. Der Zustand der Leichenteile schloß es zumindest nicht aus, daß es sich bei der Vermißten und der Gefundenen um ein und dieselbe Person handelte. Daß wenigstens der Zeitpunkt des Verschwindens der einen mit dem Zeitpunkt des Eintritts des Todes der anderen zusammenfiel. Der allerdings schon etliche Tage zurücklag und darum nicht mehr mit letzter Genauigkeit bestimmt werden konnte. Aber in etwa kam es schon hin. Wir hatten zudem eine genaue Beschreibung, wir hatten Fotos, denen die Ergebnisse, die unsere forensische Arbeit nach und nach zeitigte, zumindest nicht widersprachen. Die Gesichts- und die Körpermerkmale, welche die Gerichtsmedizin sorgfältig rekonstruierte, waren von der Mutter der Vermißten als die ihrer Tochter verifiziert und identifiziert worden.

Der Täter hatte ganze Arbeit geleistet, und wir unsererseits auch. Unsere Fachleute hatten den bis in seine kleinsten Bestandteile zerlegten Körper Stück für Stück und Schicht für Schicht wieder zusammengefügt. Soweit das überhaupt möglich war. Es fehlten natürlich Teile, Körperteile, Gesichtspartien, die vermutlich von Hunden und Katzen oder kleineren Wildtieren, wie sie im Park naturgemäß zuhauf vorkommen, verschleppt oder gar aufgefressen worden, jedenfalls aber nie mehr zum Vorschein gekommen waren; die mußten entsprechend ergänzt werden, aufgrund von vergleichender Anatomie, mit Hilfe der plastischen Chirurgie.

Am Ende lag uns ein Körper vor, der dem Ursprungskörper sehr nahe kommen, ein Gesicht, das dem ursprünglichen lebendigen Gesicht zumindest verwandt sein mußte. Die mutmaßliche Mutter, Frau Shi, bestätigte eine mögliche Ähnlichkeit.

Die Details erspare ich uns. Sie stehen hier in den Akten und können jederzeit nachgelesen werden. Ich fasse zusammen: Ich beginne unten. Die Füße, die an weit auseinander liegenden Stellen des Parks aufgefunden wurden, waren trotz ihres Zustands als schöne, schmale Füße beschrieben, schmale Ferse, hoher Rist, auffallend lange, gerade Zehen, die Nägel rubinrot lackiert, die Farbe an einigen Stellen abgesplittert, das Horn fein geschliffen, an den vorderen Rändern mit der Feile gerundet, Schuhgröße neununddreißig. Die Beine, mehrfach gebrochen, mußten in unversehrtem Zustand, das wurde festgestellt, von guter Proportion gewesen sein; die Oberschenkel etwas länger als die Unterschenkel, schlanke Fesseln, konisch zulaufende Knie; von leicht überdurchschnittlicher Länge insgesamt und nur unbedeutend gebogener Form; schwache Unterschenkelbehaarung, rasiert, Oberschenkelhaut außen und innen glatt, Muskulatur gut durchtrainiert. Arme desgleichen. Armmuskulatur straff, gut ausgebildet, kompakt, Bizeps und Trizeps, Streck- und Beugemuskeln der Hand, Schultermuskel. Die Haut auf den Armen, außer an den Riß- und Schnittstellen, unzerstört, von hellem Teint wie am ganzen Körper. Hände an der Handwurzel ausgerissen. Die Nägel gepflegt, vorne mit der Feile oval abgerundet, perlmuttfarben lackiert. Ein Ring am rechten Mittelfinger, der in der Haut und im Gewebe eine Rille und einen Abdruck hinterlassen hatte, war offensichtlich nach Eintritt des Todes entfernt worden und konnte nicht sichergestellt werden. Die Fingerkuppen und Fingerbeeren sämtlicher Finger waren zerstört. Die Hände waren schmale, lange, aber gleichzeitig kräftige Hände gewesen, die genauen Maße sind uns bekannt, von festem Gewebe und, was die Hautbeschaffenheit angeht, mit hoher Wahrscheinlichkeit trocken.

Am schlimmsten hatte der Täter im Scham- und im Gesichtsbereich gewütet. Das Ausmaß der Verwüstung, der Zerstörung war riesig, ging weit über das zur Unkenntlichmachung der Leiche Notwendige hinaus. Der Schoß war zerfetzt. Nach allen Seiten hin eingerissen. Eine Vergewaltigung oder ein Geschlechtsakt welcher Art auch immer, das konnte aufgrund der

Spuren mit einiger Gewißheit festgestellt werden, hatte vorher aber nicht stattgefunden oder war wenigstens nicht zur Vollendung gekommen. Die Herzgegend, die Brüste, mittlerer Größe, mit dunklen, deutlich begrenzten Warzen, mit denen noch nicht gestillt worden war, waren mit mehreren Stichen zerstochen. Die Frau, das ließ sich auch aufgrund der Untersuchungen an den inneren Organen sagen, hatte mit großer Wahrscheinlichkeit noch nie geboren und war auch noch nicht schwanger gewesen. Das Gesicht, die Augen waren zerstört, die Iris zerschnitten; die Farbe, die sehr dunkel gewesen sein mußte, dadurch nur schwer zu bestimmen. Braun oder schwarz oder etwas dazwischen, wie die des Kopfhaars. Aber damit genug.

All das, all diese Gliedmaßen, all diese Körperteile waren vollkommen nackt aufgefunden worden. Von den Kleidern im ganzen Park und darüber hinaus keine Spur, die allenfalls zum Vergleich mit der Beschreibung der Kleidung der Vermißten hätte herangezogen werden können. Ebensowenig wie von den verschiedenen Werkzeugen, die zur Ausführung der Tat und zur Versetzung der Leiche in diesen finalen Zustand zweifelsohne vonnöten gewesen waren.

Auch die eigentliche, primäre Tatwaffe hatten wir nicht gefunden. Und das, obwohl sie und ihr Verbleib in dem Geständnis, das uns vorlag, beschrieben waren. Auch peinliche weiterführende Verhöre hatten darüber nichts Brauchbares an den Tag gebracht. Ebensowenig wissen wir natürlich, warum, aus welchen Gründen und zu welchem Zweck, dieses Geständnis überhaupt geschrieben worden ist. Sein Verfasser kann darüber ja nicht mehr befragt werden. Fest steht aber bei all dem, daß es ohne Druck und freiwillig abgelegt worden ist. Das ist vom Geständigen selber darin auch ausdrücklich festgehalten worden.

Da die Spur, die es uns legte, am Ende nirgendwo hinführte, mußten wir annehmen, daß sie uns auf eine falsche Fährte bringen sollte. Warum auch immer und auf welche auch immer. Das war damals schon die Frage, da das Geständnis andererseits, soweit es die Tat als solche betraf, ein echtes, unzweideutiges Geständnis war. Das überdies nie, zu keinem Zeitpunkt des Verfahrens, weder widerrufen noch angefochten worden war. Widerrufen vom Inkriminierten und Sich-Inkriminierenden selbst oder angefochten von einer sonst irgendwie betroffenen Person, zum Beispiel von seiner Mutter oder von seinem Vater. Die doch daran, sollte man glauben, ein vitales Interesse hätten gehabt haben müssen, wenn es denn etwas anzufechten gegeben hätte. Offenbar gab es nichts anzufechten. Auch von der Verteidigung nicht, die man Teng Xingshan pflichtgemäß zur Seite gestellt hatte. Auf die er, wie alle Angeklagten, Anspruch hatte; die er von sich aus aber gar nicht in Anspruch genommen hätte.

Die Spur des mysteriösen älteren Herrn mit europäischem Aussehen, der gemäß dem Geständnis in den letzten Lebensmonaten der angeblichen und angenommenen nachmaligen Toten aus dem Nichts plötzlich hätte aufgetaucht sein sollen, die wir natürlich aufgenommen und bis an die Grenze des noch vernünftig Erscheinenden und auch darüber hinaus verfolgt hatten, war schließlich im Sande verlaufen. In dem schriftlich nicht näher bezeichneten Hotel, dessen Namen und Adresse Teng im Verhör später aber angegeben hatte, konnte sich niemand von den Angestellten an eine Person der beschriebenen Art erinnern. Und auch in den Gästebüchern, in denen die Buchungen für den fraglichen Zeitraum hätten eingetragen sein müssen, konnte kein in Frage kommender Name oder ein Gast mit in Frage kommender Herkunft ausgemacht werden. Auch in den Hotels der näheren oder weiteren Umgebung nicht. Auch nicht in Hotels mit ähnlich lautenden Namen wie dem von Teng angegebenen. Ebensowenig gab es in den von ihm im Geständnis erwähnten und bei späterem Nachfragen spezifizierten Teehäusern, im Opernhaus oder in den Theatern Anhaltspunkte in irgendwelcher Form. Und auch die wiederholten Befragungen von Anwohnern und Passanten in den bezeichneten Bezirken und Stadtteilen, einschließlich der für die gemeinsamen ausgedehnten Spaziergänge beschriebenen, ob denn ein dem Signalement entsprechendes Paar und insbesondere ein der Beschreibung nahe kommender Fremder gesehen worden sei, führten zu keinerlei brauchbaren Ergebnissen.

Daß die Fingerbeeren der zu identifizierenden Frau zur Abnahme der Fingerabdrücke nicht mehr tauglich gemacht werden konnten, geht aus dem Bericht der Gerichtsmedizin, der mir vorliegt, und dem darin detailliert geschilderten Zustand ihrer Leiche eindeutig hervor. Eine Iriserkennung oder gar Irisvermessung war bei dem vorgefundenen Grad der Zerstörung beider Augen gleichermaßen ausgeschlossen. Die wenigen noch vorhandenen Zähne, die zudem angebrochen oder zertrümmert waren, reichten für einen Zahnbildvergleich bei weitem nicht aus.

Die DNA-Analyse, die sich als unanzweifelbare Identifikationsmethode und unwiderlegbares Beweismittel inzwischen weltweit durchgesetzt hat, kam zu jenem Zeitpunkt bei uns nicht zur Anwendung. Die Laborverfahren waren noch nicht weit genug entwickelt, um zu absolut sicheren Befunden zu führen. Wenn sie zur Anwendung gekommen wäre, wäre sie nicht rechtskräftig gewesen.

Die Blutgruppe der Toten allerdings stimmte mit der Blutgruppe der verschwundenen Person überein, daran gab es keinen Zweifel. Und der Vergleich einzelner an der Leiche trotz aller Vernichtungs- und Vertilgungswut doch noch verbliebener Haare mit Haaren aus der Haarbürste der Vermißten auch unter dem Mikroskop schlossen deren identische Herkunft offenbar zumindest nicht aus.

Natürlich waren das damals andere Untersuchende, die zu all diesen Ergebnissen gekommen sind, andere Einsatzkräfte vor Ort, andere Gerichtsmediziner, andere Analytiker, inzwischen ist auch bei uns eine neue Generation von Spezialisten an der Arbeit und kommen auch neue Untersuchungsmethoden zum Einsatz; aber so haben wir es alles in unseren Unterlagen, und auf die mußten wir uns damals verlassen.

Andere Erkenntnisse haben wir auch jetzt nicht. Da die Vermißte von damals nun wieder aufgetaucht ist, eine zweite, räumlich und zeitlich irgendwie passende Anzeige aber nicht eingegangen war und auch in der Zwischenzeit niemals eingegangen ist, wissen wir bis auf den heutigen Tag nicht, wer die Tote von damals war. Denn eine Tote gab es ja zweifellos. Zu wessen Tod also das Geständnis gehörte. Denn ein Geständnis gab es ja auch. Welcher Täter zu welcher Tat. Welcher Mörder zu welchem Mord. Mit dem Urteil hatten wir nichts zu tun. Das war Sache der Richter. Mit seiner Vollstreckung demgemäß auch nicht.

IV

Ich *mußte* gegen Teng Xingshan Anklage erheben. Ich mußte seine Verurteilung verlangen. Ich mußte die Todesstrafe fordern. Er selbst bestand geradezu darauf. Ich hatte keine Wahl. Alles andere wäre nicht zu rechtfertigen gewesen. Es gab keinen anderen Weg.

Er hatte vollumfänglich gestanden. Ohne Wenn und Aber. Geradezu enthusiastisch. In den Teilen, in denen es überprüfbar war, hatte sich sein Geständnis als zutreffend erwiesen. Warum hätte es dort, wo es sich nicht überprüfen ließ, nicht ebenso zutreffend sein sollen? Weshalb? Gab es Grund, daran zu zweifeln? Welchen? Warum hätte ein Unschuldiger sich zu Unrecht selbst beschuldigen sollen? Was hätte es für einen vernünftigen Grund dafür gegeben? Wir sahen keinen. Die Staatsanwaltschaft nicht; das Gericht nicht.

Warum hätte es anders sein sollen, als er es dargestellt hatte? Detailgenau. Bis in alle Einzelheiten hinein. Vielleicht nicht in alle, aber in die meisten jedenfalls schon. Er *war*, siebzehnjährig, entwurzelt, verletzt von einer unglücklichen Jugendliebe, die er kampflos hatte zurücklassen müssen, in den Händen des Nebenbuhlers, in eine neue Umgebung gekommen, wie er es selber beschrieben hatte; das hatten sämtliche Nachforschungen in seinem früheren und späteren Umfeld bestätigt. Er *hatte* sich Hals über Kopf, beinahe panikartig verliebt, sozusagen mutwillig, am neuen Ort, in diese neue Lehrerin, die nicht seine Lehrerin war, die er nicht kannte, die ihm um so besser als Zielscheibe all seiner verlorenen und durch sie wiedererweckten Wünsche und Hoffnungen diente. Das konnten sich seine Eltern jedenfalls vorstellen, mit denen wir natürlich des langen und breiten darüber sprachen, immer wieder, nicht nur über das, über alles, mit denen er darüber allerdings nicht gesprochen hatte, wie auch über sonst nichts, von denen er sich in jener Zeit kurz vor und dann erst recht nach dem Umzug in den anderen Stadtteil vollkommen entfremdet hatte. Mehr als es sich allein durch seine späte und immer noch fortdauernde Pubertät hätte erklären lassen.

Er hatte sich vollständig zurückgezogen. Zurück, das hieß nicht nur in sein Zimmer, in seine eigene Welt; zurück, das hieß auch gänzlich in sich. In sich hinein. Zur Außenwelt vermied er jeden Kontakt, außer dem für das tägliche praktische Leben unbedingt erforderlichen. Und natürlich, aus unterschiedlicher Entfernung, dem zu der Lehrerin. Die Schule besuchte er, weil es nicht anders ging und weil immerhin dort auch sie war. Seinen Eltern verweigerte er über das absolut Notwendige hinaus das Gespräch. Alles Persönliche war ausgeklammert. Er ließ sie nichts von sich wissen. Die Mutter beschimpfte er, wenn sie doch etwas wissen wollte; den Vater, zu dem er ohnehin immer schon ein schwierigeres Verhältnis gehabt hatte, strafte er mit Verachtung. Die Berührungen, die Umarmungen, die bis dahin zwischen ihnen immerhin möglich gewesen waren, zur Begrüßung, zum Abschied, am Anfang und Ende des Tages, vor dem Zubettgehen, von heute auf morgen ließ er sie nicht mehr zu. Küsse ohnehin nicht. Wenn es doch einmal zu einem kam, weil er für einen Augenblick vergaß, daß es zu keinem kommen sollte, wischte er sich anschließend demonstrativ vor den Augen der Eltern mit dem Handrücken oder mit den Fingern die Feuchtigkeit von den Lippen oder von der Wange. Wenn sie sich in ihr Schlafzimmer einschlossen, tagsüber, was offenbar vorkam, an Sonn- oder an Feiertagen, verließ er das Haus.

Das einzige, was sie noch von ihm wußten, war, daß er mit ihnen unglücklich war, und nicht nur mit ihnen, mit seinem Leben, und daß er gerne die Klasse gewechselt hätte. Dafür, um ein entsprechendes Gesuch an die Verwaltung der Schule zu stellen, waren sie gut genug. Daß das Gesuch abgelehnt wurde, war ihm der Beweis, daß sie doch nicht gut genug waren. Er hätte es wissen müssen. Wie hatte er etwas anderes erwarten können. Sie taugten nichts. Sie hatten von nichts eine Ahnung. Von der Welt schon gar nicht. Von seiner Welt erst recht nicht. Seine Welt hatte mit ihrer Welt nichts mehr zu tun. Seine Welt war der ihren haushoch überlegen. Was wußten sie schon? Was kannten sie schon? Hatten sie etwa wie er ein Gymnasium besucht? Das hatten sie nicht. Ihre Schulbildung stammte im Vergleich zu der seinen aus der finstersten Vorzeit. Aus der Kaiserzeit. Aus der maoistischen Zeit. Aus der Zeit, in der man nur wissen durfte, was die Partei wissen wollte. So sah er es. Ihre Welt endete jäh an den Wänden ihrer Büroexistenzen. Ihr Horizont verlief quer über den Bildschirm des Staatsfernsehens, das er nicht mit ihnen anschaute. Sie konnten ihm nicht das Wasser reichen.

Er war sich zu gut für sie. Er sah auf sie herab, wie er auf alles herabsah in dieser Zeit. Auch auf die Gleichaltrigen an seiner Schule, in seiner Klasse. Auch auf die Lehrer. Die seinen Ansprüchen nicht genügten; denen er seinen Fleiß, seine Intelligenz nicht zur Verfügung stellte. Deren Unterricht er mit schweigendem Protest boykottierte. Minimalstes Erfüllen der Anforderungen war das Äußerste, was von ihm als Schüler zu haben war. Darauf war er auch noch stolz.

Das alles bestätigte sich bei der üblichen Überprüfung seiner Aussagen. Nur zu Shi Xiaorong sah er auf. Obwohl sie nicht seine Lehrerin war, obwohl es also gar keinen Anlaß gab, zu ihr aufzusehen. Sie verehrte er blind. Ohne sie zu kennen. Das allerdings hatte niemand bemerkt. Nicht einmal die Schülerin, seine Klassenkameradin, die sich in *ihn* verliebt hatte und die dafür von ihm gedemütigt worden war. Als ob es ein Verbrechen gewesen wäre, sich ihm auf solche Art zuzuwenden. Ihm mit Zuneigung zu begegnen. Zumindest eine Zumutung, eine Unanständigkeit, etwas, das sich jedenfalls nicht gehörte. Nicht einmal sie also, die dafür doch besonders empfindlich hätte sein müssen, hatte seine Verehrung für die fremde Lehrerin, ihre nichtsahnende Kontrahentin, bemerkt. Aber aus seinem Geständnis ging sie eindeutig hervor. Der Schüler, den er benannt hatte, um sein Ersuchen um einen Klassenwechsel, der automatisch auch einen Lehrerwechsel zur Folge gehabt hätte, notdürftig zu begründen, von dem er behauptete, daß er sich mit ihm nicht vertrage, bekräftigte im übrigen, daß er das, also ihre Animositäten, wie es auch Teng Xingshan, den er zwar tatsächlich nicht mochte, in seinem Bericht eingeräumt hatte, gegenüber dem Rektorat nicht bestätigt habe.

Die Verliebtheit, so vorsätzlich und unbegründet und natürlich auch unerwidert sie gewesen sein mochte, war unbezweifelbar. Auch wenn es ganz offensichtlich in seiner näheren und weiteren Umgebung um sie keine Mitwisser gab. Nicht geben sollte. Sonst hätten sich Zeugen dafür gefunden. Finden müssen. Die fanden sich aber nicht. In der Schülerschaft nicht, in der Lehrerschaft nicht. Es waren Befragungen genug dazu durchgeführt worden. Bezeugt wurde lediglich der Eigensinn des Inkriminierten, die Eigenbrötlerei, die Unnahbarkeit, sein Hang, sich zu isolieren, mitten im Klassenverband, im

Gewühl des Pausenhofs, der Gänge, seine Neigung, alles allein zu tun, auch da, wo Gruppenarbeit gefordert war, seine Art, mitten unter den andern mit sich allein zu sein. Und sich dabei offenbar gut zu fühlen.

Zeugen dagegen fanden sich, mehr als genug, schon nach den ersten Sondierungen, auf das Vorzeigen ihrer Bilder hin, für die tatsächliche, immer wiederkehrende Anwesenheit Shi Xiaorongs und Teng Xingshans in genau dem von ihm bezeichneten Park. Einzeln und gleichzeitig; aber niemals gemeinsam im Sinne von paarweise. Wie im Geständnis beschrieben. Hintereinander hergehend, nicht nebeneinander. Nicht als zueinander gehörig erscheinend. Vor allem morgens und abends, nur ausnahmsweise zu anderen Tageszeiten, in je entgegengesetzter Richtung. Zu Fuß oder mit dem Fahrrad, was Teng Xingshan betraf. Ein gemeinsames Verweilen am Teich oder auf einer Bank war nicht beobachtet worden. Das schien verläßlich, auch wenn die befragten Personen dem Ort gemäß vor allem ältere Frauen, die im Park Enten fütterten, und ballspielende Kinder waren. Die Menge der gleichartigen subjektiven Erinnerungen machte sie objektiv. Für die Tat selbst, die ja ebenfalls im Park begangen worden sein mußte, wie auch für die anschließende Zerstükkelung gab es allerdings keinerlei Augen- oder wenigstens Ohrenzeugen.

Zuverlässige Zeugen gab es aber für die Ereignisse auf der Klassenfahrt an den Blausee, sowohl unter den mitreisenden Lehrern wie auch unter den Schülern. Zwar hatte naturgemäß niemand den Vorgang am Ufer des Sees selber mitbekommen, so wie er im schriftlichen Geständnis detailreich geschildert war, aber daß die beiden, Teng Xingshan und Shi Xiaorong, beim abendlichen Spaziergang auf dem Uferweg bald hinter den übrigen zurückgeblieben waren und dann mit Verspätung zum Abendessen erschienen, war mehreren, Schülern und Lehrern, aufgefallen und war, jedenfalls unter den Schülern, auch Gegenstand des Gesprächs oder des Klatsches gewesen.

Vor allem daß Xingshan nach dem ominösen Blauseespaziergang nicht mehr dieselbe Person war wie vorher, war offenbar unübersehbar gewesen. Nicht nur für denjenigen Schüler, mit dem er das Zimmer teilte und der sich darüber gewundert hatte, wie lang und mit welcher Heftigkeit sich sein Mitbewohner, kaum daß er zurück war, den Mund spülte und die Zähne putzte und auch noch nicht damit aufhören wollte, als der Gong sie zum Essen rief. Geh schon voraus, hatte er nur gesagt, und dann hatte es noch eine geschlagene Viertelstunde gedauert, bis er dazukam.

Wie Tag und Nacht! hatte das zusammenfassende Urteil über seine Verhaltensänderung gelautet, das unsere Beamten immer wieder zu hören bekamen. Wie Tag und Nacht sei seine gesamte Verfassung vorher und nachher gewesen. Vor und nach dem dazwischenliegenden Ereignis. Von dem der befragte Zimmernachbar allerdings auch nichts Genaueres wußte. Oder besser: wie Nacht und Tag. Vorher war es Nacht gewesen in seinem Gemüt, wie eigentlich immer, wie sie es von ihm kannten, nachher Tag. Hellichter Tag. Und erst der darauffolgende Morgen und die anschließende Heimfahrt im Bus hatten die Nacht, in der er sonst lebte, offenbar wieder zurückgebracht. Nach der Aufhellung dunkler als vorher. Das war verbürgt, das hatten andere aus der Klasse und aus der Parallelklasse bestätigt. Wie wir es aus dem Geständnis schon kannten.

Und die Schülerin, die in ihn verliebt gewesen war, die ihm das Liebesgeschenk gemacht hatte, deren Liebesbrief von ihm schroff zurückgewiesen worden war und die sich dennoch jetzt beim Abendessen wieder hoffnungsvoll in seine Nähe gesetzt hatte, hatte zu Protokoll gegeben, wie unter dem Tisch, an dem sie gesessen hätten, ihre Füße, die auf der Suche nach den seinen gewesen seien, sich mit denen der Lehrerin verwirrt hätten. Der Lehrerin der anderen Klasse. Denen also von Shi Xiaorong. Nun, das konnte auch die Aussage einer Gekränkten sein und durfte demnach nicht voll gewichtet werden.

Tengs Mutter hatte viele seiner Aussagen bestätigt. Ohne Not. Und ohne Druck unsererseits. Als Angehörige, als nächste Verwandte wäre sie dazu nicht verpflichtet gewesen. Ebensowenig wie der Vater. Sie hätten ihren Sohn nicht belasten müssen. Sie hätten die Aussage verweigern können. Sie hätten schweigen können. Aber ihnen waren die Veränderungen an ihrem Sohn natürlich auch aufgefallen. Sein Trotz. Seine Tendenz zur Isolation. Seine manchmal geradezu autistischen Anwandlungen. Und sie hatten sich darüber auch ihre Gedanken gemacht. Ohne zu einem vernünftigen Schluß zu kommen. Der Hang zum Rückzug auf sich selbst bis zur vollkommenen Unnahbarkeit, den er schon vorher gehabt hatte, darüber waren sie sich einig, hatte sich nach der Rückkehr von der Klassenfahrt zum Blausee noch einmal deutlich gesteigert. Die Konversation beschränkte sich seinerseits auf Ja, ja oder Nein, nein, wobei sich die Gesprächsanteile nun zunehmend zuungunsten des Ja, ja und zum ausschließlichen Nein, nein hin verschoben. Sein Zimmer, wenn er überhaupt einmal zu Hause war, verließ er nur noch zum Essen und zur Benutzung von Bad und Toilette.

Selbst die fragliche Kinokarte hatte sich noch in einer seiner Jackentaschen gefunden, für den Film des Japaners Oshima, das ließ sich aufgrund des aufgedruckten Datums mit großer Wahrscheinlichkeit feststellen, auch wenn der Filmtitel auf der Karte selbst nicht vermerkt war. Der Film war infolge seiner sexuellen Freizügigkeit zu jenem Zeitpunkt bei uns noch verboten gewesen, er war aber in einem Untergrundkino dennoch gezeigt worden. Die entsprechende Eintrittskarte der Lehrerin Shi Xiaorong, die Teng behauptet hatte, auch dort gesehen zu haben, war allerdings in deren Wohnung und in deren zurückgebliebenen Kleidungsstücken, wenn sie denn überhaupt jemals wirklich dagewesen sein sollte, nicht mehr aufzubringen gewesen. Aber das mußte nichts heißen. Im Gegensatz zu ihm und als verbeamtete Person, die dadurch hätte inkriminiert werden können, hätte sie an einem solchen Erinnerungsstück, das es für ihn gewesen sein mochte, logischerweise keinerlei Interesse gehabt. Ganz im Gegenteil.

Die Briefe allerdings, die er vorgab, ihr geschrieben zu haben, waren bei ihr auf Anhieb aufgefunden worden. Auch die Gedichte. Das erste und das zweite, die er im schriftlichen Geständnis aus dem Gedächtnis zitierte, die er angab, an sie geschickt zu haben. Ihre Mutter hatte sie gefunden, in ihrem Zimmer, in einer Schachtel, als sie nach dem Ausbleiben der Tochter in deren Sachen nach Hinweisen auf ihr Verschwinden gesucht hatte. Sie hatte sie der Behörde, bei der sie die Vermißtenanzeige gemacht hatte, sofort übergeben. Wenn das, worauf sich die Briefe und die Gedichte bezogen, hätte man vielleicht denken sollen, diese fatale Liebesgeschichte oder wie man es nennen soll, tatsächlich von Shi Xiaorong ausgelöst worden war, in welcher Form auch immer, aktiv oder passiv, willentlich oder unwillentlich, dann hätte es eher in ihrem Interesse gelegen, dann hätte sie alles daransetzen müssen, sie aus der Welt zu schaffen. Zumindest aus ihrer Welt. Aus ihrer Wohnung, aus ihrem Besitz. Die Gedichte so gut wie die Briefe. Statt sie sorgfältig aufzubewahren. Das hatte sie aber getan, warum auch immer.

In Tengs Tagebuch, das er geführt hatte, seit er schreiben konnte, das seit seiner ersten unglücklichen Kinderliebe zu seinem eigentlichen Zufluchtsort geworden war, zum Ort seiner Selbstgespräche und der Gespräche mit denen, die nicht mit ihm sprachen und mit denen er nicht mehr sprach, auch mit den Eltern, das alles enthielt, was auch das Geständnis enthielt, das er uns bei seiner Verhaftung bereitwillig überlassen hatte, waren wir auch auf die Entwürfe gestoßen. Auf die Briefentwürfe, auf die Entwürfe zu den Gedichten. Oft in verschiedenen Stufen, in verschiedenen Fassungen. Und nicht nur zu denen, die er dann an Shi Xiaorong geschickt hatte.

Die Briefe sprachen für sich. Die Gedichte waren, gemäß Gutachten, die wir erstellen ließen, von einiger Qualität und paßten ihrem Charakter nach zum Charakter ihres mutmaßlichen Verfassers. Aufgrund der verschiedenen Vorfassungen und Skizzen war ja nicht anzunehmen, daß er sie irgendwo abgeschrieben hatte. Jedenfalls waren auch nie irgendwelche in Frage kommenden Vorlagen aufgetaucht. Und paßten laut Expertenmeinung auch zum Charakter der Tat, die auf sie fatalerweise folgte und die in ihnen als verdeckte und mehrfach gebrochene Sublimation offenbar vorweggenommen war. Zumindest vorweggenommen sein konnte.

Um das Liegen ging es in beiden. Aber war es im ersten das Beiliegen, das Beieinander-, das Haut-an-Haut-Liegen, wie es im Liebesgedicht zu erwarten ist, der Wunsch, mit dem geliebten Gegenstand zu verschmelzen, so war es im zweiten schon das Daliegen, das bloße, nicht nur das nackte, sondern hautlose Daliegen, das skeletthafte Darniederliegen, nach aller Sinnlichkeit, jenseits der Sinne, von Sinnen, wie man auch sagen kann, in dieser finalen Auslegung, war es das Tot-Daliegen, und das war schon weniger zu erwarten, in der Nähe des Steins. Welches Steins? Des Steins, mit dem im alten Mythos ein Geschwister das andere erschlägt? Bei genauerem Hinsehen beginnt die Drohung schon im ersten Gedicht: Neben dir nicht nur leben, »neben dir leben und sterben wie einer«. In vollkommener Symbiose, wie das die moderne Psychologie nennt. Als ob beide nur einer wären. Eins wären. »Und meine Haut nicht mehr retten vor deiner.« Zu allem bereit. Zur äußersten Hingabe. Bereit, bis zum letzten zu gehen: Deine Haut auch nicht zu retten vor meiner. So stand es zwar nicht da. Aber so konnte es nach allem gelesen werden.

Das alles war stimmig. Es paßte zusammen. Und wo es nicht zusammenpaßte, machte es trotzdem Sinn. Auch die Lektüre des Tagebuchs durch unsere Experten, über die Brief- und Gedichtentwürfe hinaus, ergab kein anderes Bild. Seite für Seite war es eine Bestätigung dessen, was wir schon aus dem Geständnis wußten. Nur die Beschreibung des Mordes selber fehlte. Dazu war der Mörder nicht mehr gekommen. Der, den wir damals jedenfalls für den Mörder hielten. Und der sich uns selbst als der Mörder darstellte. Dazu war die Zeit zwischen seiner Tat und seiner Verhaftung zu kurz gewesen. So dachten wir. So erklärten wir es uns. Aber wenn man die Stimmigkeit alles übrigen zusammennahm, warum hätte ausgerechnet das Geständnis des Mordes nicht echt sein sollen?

Teng Xingshan war über alle Maßen in Shi Xiaorong verliebt gewesen. Teng Xingshan war zutiefst verletzt gewesen durch die offenbare Tatsache, daß Shi Xiaorong in ihn nicht verliebt war. Er hatte ihr die Briefe und die Gedichte geschrieben und geschickt, auf die sie ihm aber nicht antwortete. Er war ihr auf Schritt und

Tritt gefolgt, als sie mit diesem anderen Mann durch die Stadt zog, den er für seine Konkurrenz hielt. Das ging aus dem Tagebuch wie aus dem Geständnis einwandfrei hervor. Auch wenn wir dann für die Existenz dieses fraglichen Fremden über das geschriebene Wort hinaus in der realen Welt keine Entsprechung fanden.

Gesetzt aber den Fall, all das stimmte, und wir mußten das annehmen, mit guten Gründen, gesetzt den Fall, all das, was Teng Xingshan zuerst zu seinen und dann auch zu unseren Händen aufgeschrieben hatte, war richtig, war die Wahrheit, zumindest in Annäherung, so wie man sie immer nur haben kann, warum dann, warum dann um Himmels willen hätte er ausgerechnet den Mord dazuerfinden sollen? Auf die Gefahr hin, daß ihn dieses Geständnis, diese Erfindung selber das Leben kosten konnte? *Weil* sie ihn das Leben kosten konnte? *Weil* es ihn das Leben kostete, das er ohne sie nicht leben wollte? In seinem Alter? Es wäre zu verrückt gewesen.

Zugegeben, im nachhinein gesehen, das Täterbild war nicht ganz einheitlich gewesen. Einer, der sein Opfer unkenntlich macht, um dann doch zu gestehen – vielleicht hätte uns das stutzig machen können. Oder sogar sollen. Tat es aber damals nicht.

Noch einmal: Das Geständnis lag vor. Die Indizienkette war lückenlos. Das psychologische Gutachten kam zu dem Schluß, daß die Charakteristik des Angeklagten mit der Charakteristik der Tat übereinstimmte. Die Tat zumindest zuließ, wenn nicht gar nahelegte. Im Sinne von: Wenn ich sie nicht haben kann, soll sie auch kein anderer haben! Wenn man mir mein Spielzeug wegnimmt, mache ich mein Spielzeug kaputt! Also schwer regressiv. Schwachpunkt in der Beweisführung waren lediglich die fehlenden Mord- und Zerstückelungsinstrumente. Das Tatwerkzeug war unauffindbar. Damit mußten wir leben. Dafür hatte nicht einmal der geständige Delinquent eine plausible Erklärung. Alle Hinweise, die er uns gab, waren falsch.

Daß die Eltern sich nicht schützend vor ihren Sohn stellten, bei aller Gewichtung der erdrükkenden Beweislast, ist aus heutiger Sicht schwer zu verstehen. Sie können nicht neu befragt werden, weil sie inzwischen Selbstmord begangen haben. Gemeinsam. In ihrer Wohnung. Mit Gas. Nur wenige Jahre nach dem Tod ihres Sohnes. Es würde nichts mehr ändern.

Gab es berechtigte Zweifel? Nein! Gab es entlastende Momente? Strafmildernde Umstände? Nein! Der Täter war strafmündig. Das psychologische Gutachten plädierte für volle Straffähigkeit. Wir hatten zu strafen. Mit der ganzen Härte des Gesetzes.

Und tatsächlich ist bis heute nicht auszuschließen, auch nach den neuesten Erkenntnissen nicht, daß Teng der gesuchte Mörder war, wenn auch nicht von Shi Xiaorong, aber an der Toten, die wir damals in unkenntlichem Zustand gefunden und die wir für Shi Xiaorong gehalten hatten. Bis auf den heutigen Tag wissen wir nicht, wer sie war und wer sie aus welchem Grund umgebracht haben könnte. Auf so bestialische Weise. Immerhin hatte Teng Xingshan ein Mordgeständnis abgelegt, das unmißverständlich war, wenn es sich auch auf ein Opfer bezog, von dem wir jetzt wissen, daß es am Leben ist. Die Ausreisebehörde, die einzige Stelle, die von ihrem Verbleib damals hätte wissen können, hatte sich während der laufenden Untersuchungen bei uns nicht gemeldet, und wir hatten nach der Vermißten dort nicht gesucht.

Vielleicht hatte sich ja alles um eine Verwechslung gehandelt. Um eine Verwechslung im Dunkeln. Im Dunkel der Nacht mußte die Tat ja begangen worden sein, aller Wahrscheinlichkeit nach. Einer Neumondnacht außerdem, oder doch beinahe, um die es sich damals, Anfang Oktober, gehandelt hatte. Zudem bedeckt, wie die entsprechenden meteorologischen Abklärungen ergeben hatten. Und wahrscheinlich nach Mitternacht, nachdem die Laternen im Park schon gelöscht worden waren. Wie sonst wäre sie, an einem so stark frequentierten Ort und mitten in der Stadt, ungesehen geblieben? Eine Ähnlichkeit bis zum Verwechseln zwischen den beiden Frauen, der Getöteten und der Überlebenden, ist durch das falsche Zeugnis der Mutter der zweiten zudem erwiesen. Wir wissen es nicht.

V

Ich bin wieder da. Also kann ich jetzt alles aufklären. Wer, wenn nicht ich? Ich, Shi Xiaorong, die Verlorene und Wiedergefundene. Er vielleicht auch. Er hätte es auch erklären können. Er, Teng Xingshan, der endgültig Verlorene. Aber er lebt ja nicht mehr. Wie auch seine Eltern nicht. Also hängt nun alles an mir. Also kann es jetzt nur noch ich. Aufklären, wie alles gewesen ist. Erklären, wie alles gekommen ist.

Natürlich, so wird es gewesen sein, so, wie es auch kolportiert wird, da es die Leute sagen, wird schon etwas dran sein: Ich habe Geschichte studiert und bin Geschichtslehrerin am hiesigen Gymnasium geworden, nur um meine Schüler dort unglücklich zu machen. Um ihnen den Kopf zu verdrehen. Weil ich anders zu meinem Glück nicht gekommen wäre. Glücklos, wie ich doch war. Lieblos, wie ich dadurch geworden war. Vaterlos aufgewachsen. Ohne Liebesbeispiel zwischen Vater und Mutter. Ohne Liebesvorbild. Der Liebe der Mutter hoffnungslos ausgeliefert. Auf nichts anderes aus, als den erstbesten dahergelaufenen Jungen um seinen Kopf und Verstand zu bringen.

Denn dahergelaufen war er ja, vom anderen Ende der Stadt. Und ich hatte natürlich wahrgenommen, daß er sich, kaum daß er bei uns angekommen war, kaum daß er sich bei uns ein wenig auskannte, nach mir den Kopf verrenkte. Wann immer er mich zu Gesicht bekam, ich war ja nicht seine Lehrerin, er mußte die Gelegenheit dazu finden. Daß er mich in den Pausen, daß er mich in den Gängen, auf der Treppe, im Lichthof, auf dem Pausenplatz suchte, es fiel mir natürlich auf. Daß er mich auf meinem Arbeitsweg, von der Wohnung zur Schule und wieder zurück, zu Fuß, mit dem Fahrrad, in der Straßenbahn, je nach Wetter und Jahreszeit, wie mein Schatten verfolgte. Daß er mir auflauerte, daß er mich am Morgen von zu Hause abholte, daß er mich am Abend nach Hause brachte, sozusagen. Daß er mich überall hin von ferne begleitete. Daß er mir Blicke zuwarf, aus sicherer Entfernung. Daß er mir Blicke geradezu nachwarf. Daß er mir schöne Augen machte. Wie hätte ich das nicht bemerken sollen. Es war nicht zu übersehen. Er war ja hübsch. Er hatte ja schöne Augen. Die Augen, die er mir machte, waren ja schön.

Und ich machte mir einen Spaß daraus, ihn an der Nase herumzuführen. Einfach so. Aus Langeweile und weil ich nichts Besseres zu tun hatte. Den Bären für mich tanzen zu lassen. Indem ich zum Beispiel Verstecken mit ihm spielte. Auf dem Schulweg, auf dem Schulhof, auf Spaziergängen durch die Stadt, im Park, beim Flanieren, am Abend, beim Ausgehen. Aus meinen Verstecken hervor, in die ich mich von einem Augenblick auf den andern entzog, die ich mir ausgedacht hatte, zu denen ich meinen Weg gelenkt hatte, sah ich ihm dabei zu, wie er aufgeregt nach mir suchte. Wenn er schon aufgeben wollte, trat ich unversehens, ebenso plötzlich, wie ich verschwunden war, wieder hervor, bot mich wieder seinem Blick, stellte mich ihm in den Weg, kreuzte seinen Weg, absichtslos, wie er annehmen mußte, beiläufig, zufällig, brachte ihn in Verlegenheit, absichts*voll* natürlich, zwang ihn, mir auszuweichen oder mich anzusprechen, wenn er nicht unhöflich erscheinen wollte, und das wollte er nicht; aber natürlich sprach er mich nicht an, natürlich wich er mir aus.

Immer wieder legte ich es darauf an, auf solche Scherze. Tagelang, wochenlang, monatelang. Jahrelang. Es war mein Freizeitvergnügen, es war meine Lebensbeschäftigung. Ich kannte ja sonst kein Vergnügen, ich hatte ja sonst nichts zu tun. Ich konnte mir nichts Interessanteres denken im Leben, als mit einem Schüler, der zufällig in mich verliebt war, Katz und Maus zu spielen.

Und dann hatte ich auch nichts Besseres zu tun, als dem armen Jungen bei der erstbesten Gelegenheit an die Wäsche zu gehen. Das wird ja nun auch gesagt. Frustrierte Lehrerin, die ich war. Weil sich ja sonst keiner fand, dem ich hätte an die Wäsche gehen können. Auf *meiner* Höhe, in *meinem* Alter. Ein Ebenbürtiger. Keiner, der *mir* an die Wäsche wollte. Blaustrumpf, der ich sprichwörtlich war. Stadtweit, nicht nur im Lehrerzimmer, diesen Ruf hatte ich ja. Und die gemeinsame Klassenfahrt, ich als Begleiterin der eigenen und der Parallelklasse, war diese erste, beste Gelegenheit.

Beim abendlichen Spaziergang um den Blausee herum, den wir alle zusammen machten, um uns den Appetit auf das Abendessen zu holen, holte ich mir einen ganz anderen Appetit, und gnadenlos schlug ich zu, wie es für Zukurzgekommene typisch ist. Ich packte ihn an seiner schwächsten Stelle, an seinem Ehrgeiz, an seiner Ambition, an seiner Berufung zum Dichter, zum Gedichtschreiber. Dafür war er im Schulhaus inzwischen bekannt. Auch wenn er sich vielleicht nur selber berufen hatte, auch wenn er sich wahrscheinlich nur selber dafür bekannt gemacht hatte. Ich stellte ihm Fragen dazu, er ging darauf ein, wir kamen ins Gespräch, wir blieben im Gespräch hinter den andern zurück.

Auf einer Bank direkt am Ufer des Sees, auf einer kleinen, vorgeschobenen Kanzel, abgeschirmt von den Blicken anderer Spaziergänger, vernaschte ich ihn. Vielmehr ließ ich ihn mich vernaschen. Ließ ich ihn an die Wäsche. Genauer gesagt: unter die Wäsche, hinter die Wäsche. So daß ich ganz auf meine Kosten kam. Und er zum Schluß nicht mehr ein noch aus wußte. Oder nicht mehr aus noch ein. Und ihm die Sache wohl in die Hose ging.

Und am Abend, beim Essen, bei dem ich mich ihm gegenübersetzte, spielte ich unter dem Tisch im Verborgenen mit den Füßen mein böses Spiel mit ihm weiter. Einfach so, weil mich der Hafer gestochen hatte, weil es mich juckte. Um anschließend besser schlafen zu können.

Und natürlich schlief ich dann gut. Wie denn nicht, nach so einem Tag, nach so einem Fang. Fast war ich ja am Ziel meiner Wünsche. Andere Wünsche hatte ich nicht.

Nur auf der Rückfahrt im Bus, vor den Augen der andern, der anderen Schüler, vor allem der Lehrerkollegen, durfte ich von all dem naturgemäß nichts mehr wissen. Mir nichts mehr anmerken lassen. Das verstand sich von selbst. Jedes andere Verhalten hätte mich meine Stelle gekostet. Und nicht nur meine Stelle, auch meine Stellung. Meine Stellung in der Gesellschaft, meinen Ruf, meinen guten Namen, den ich damals ja hatte. Und damit erst recht das Ende unseres Verhältnisses, was immer es war, bedeutet. Das war sonnenklar. Das mußte auch ein junger Mann von der Intelligenz Teng Xingshans doch wohl begreifen.

Verführung von Minderjährigen war es ja nicht gerade, was ich tags zuvor mit ihm getan hatte. Minderjährig war er zum fraglichen Zeitpunkt nicht mehr gewesen. Aber Schutzbefohlener schon, gerade auf jener Reise auch meinem besonderen Schutz unterstellt, und auf Verführung von Schutzbefohlenen stand wohl nicht viel weniger als auf Verführung von Minderjährigen. So genau wußte und weiß ich das nicht.

Zwar war er ja nicht mein Schüler gewesen. Im strengen juristischen Sinn war er kein Abhängiger, stand er nicht in einem Abhängigkeitsverhältnis zu mir. Aber gerade die Tatsache oder die mögliche Tatsachenvermutung, daß das, was zwischen ihm und mir geschehen war, wenn es geschehen war, auf dieser gemeinsamen Klassenfahrt geschehen war, auf der die Rechtsverhältnisse andere waren, ließ es, jedenfalls aus meiner Sicht, geraten erscheinen, die äußerste Vorsicht walten zu lassen, wenn ich nicht Kopf und Kragen riskieren wollte. Das wollte ich selbstverständlich nicht. Das war mir die Sache nicht wert. Es war nur ein Spiel. Und die Spielregeln bestimmte ich. Im Rahmen der gesetzlichen und der gesellschaftlichen Gegebenheiten.

Ein wenig hatte ich mich aber natürlich auch in ihn verliebt, trotz allem, trotz aller Bedenken, wie das eben so geht, wie es zu erwarten war, wie alle jungen Frauen, wenn sie einmal mit einem Mann etwas gehabt haben. Obwohl er noch gar kein richtiger Mann war. Obwohl es verboten war; vielleicht deshalb. Wie meine Mutter, dreißig Jahre zuvor, als sie die junge Frau gewesen war, in meinen Vater. Obwohl es auch verboten gewesen war. Zumindest unerwünscht. Mit einem Fremden. Mit einem Klassenfeind. Schon nach der ersten Nacht. So hatte er es mir später erzählt. Der zudem älter gewesen war als sie. Jung war ich damals auch. Wenn auch nicht ganz so jung wie Teng Xingshan.

Und ich verführte ihn weiter. Ich konnte das Spiel nicht lassen. Es schmeichelte mir. Zum Beispiel zu verbotenen Kinobesuchen. Im Untergrund. In den dunklen Vierteln der Stadt. Am Stadtrand. Das alles wird ja behauptet. In zwielichtigen kleinen Lichtspieltheatern in Kellern. In denen wir uns heimlich trafen, ganz gleich, was auf den Leinwänden für Filme liefen, um unsere verbotenen Spiele weiterzuspielen. Die Streifen waren entsprechend, mal besser, mal schlechter, egal, meist schauten wir ohnehin nicht hin. Wir hatten anderes zu tun. Anregung von außen brauchten wir dazu nicht. Er hatte mich vor unserer Blauseeaffäre einmal an solch einem Ort überrascht. Damit erpreßte er mich jetzt. Ich ließ es mir gerne gefallen. Die Eintrittskarten, die Spuren der Schandbarkeit, vernichtete ich.

Auch seine Briefe natürlich. Die meisten von ihnen. Oder versteckte sie wenigstens gut. Die er mir nach unserem Ausflug, nach unserem Zusammenstoß zu schreiben begonnen hatte.

Die ich auch nicht beantwortete, um keine Beweisstücke für meine Verfehlungen zu schaffen. Denn Verfehlungen waren es zweifellos. Für meine Schandtaten. Seine Liebesbriefe, seine Erpresserbriefe, die in ihren Formulierungen weit über das hinausgingen, was wir in der Wirklichkeit taten. Die keinerlei Maß kannten. Deren Phantasien den Rahmen meiner Erziehung bei weitem sprengten, dabei hatte ich keine schlechte Erziehung gehabt. Meine Mutter, wenn sie sie damals gelesen hätte, hätte wohl an manchen Stellen nicht einmal von ferne verstanden, wovon sie handelten. Aber da kann man sich täuschen. Die Kinder wissen nicht, was ihre Eltern treiben. Ich jedenfalls habe nie sonst im Leben solche Briefe erhalten, weder vorher noch nachher. Auch in Europa nicht. Und jedenfalls schmeichelten sie mir. Und jedenfalls erregten sie mich.

Ich muß Sie haben, war noch das Wenigste, was sie von mir verlangten. Ich muß Sie haben, ich muß Sie ganz haben, ich muß Sie besitzen. Wie nah wir uns sonst gekommen sein mochten, die Sie-Distanz blieb davon unberührt. Das war mir recht so. Daß er mich fressen wollte, das hatte mir auch sonst schon mal einer gesagt, aber daß er so genau aufzählte, welche Teile von mir es waren, die er zum Verzehr vorgesehen hatte, das war neu. So etwas hatte ich vorher nicht gekannt.

Ich möchte an Ihrem Ohrläppchen knabbern, um mit dem Harmlosesten zu beginnen, stand da zum Beispiel. Oder: Ich möchte Ihnen die Nase abbeißen. Dinge wie diese: Die Ruhe meiner Seele hängt davon ab, die kleine Zehe Ihres rechten Fußes im Mund gehabt zu haben. Die Finger reiße ich Ihnen einzeln aus. Ich will Ihre Lippen kauen. Ich will mich von Ihrer Brust ernähren. Schon immer habe ich mir kaltes oder lauwarmes Frauenfleisch äußerst schmackhaft vorgestellt. Ein Stück von der Lende, zum Beispiel. Ein Schulterstück. Ein Herzstück. Ein zartes Filet. Die kleinen Schamlippen, fein gewürzt, schmecken roh sicher besonders gut.

Und so fort. So oder ähnlich. Es waren bestimmt noch mehr solcher Zärtlichkeiten und Köstlichkeiten. Beim Lesen ließ ich sie mir auf der Zunge zergehen. Wie die Gedichte auch, die er den Briefen beilegte oder die er mir einfach so, ohne Brief, schickte. Auch wenn ich sie nicht verstand. Auch wenn ich nicht viel mit ihnen anfangen konnte. Ich fühlte mich durch sie geehrt. Noch nie hatte ich von jemandem Gedichte geschenkt bekommen. Und schon gar seine eigenen. Und mir persönlich gewidmet. Mir zugeeignet. Für mich geschrieben. An mich adressiert. Von einem Dichter. Er war ja Dichter, er wollte ja Dichter werden, das hatte er mir am Blausee gestanden, als ich ihn nach seinem Berufsziel gefragt hatte. Ich war Gegenstand von Gedichten, das konnten nicht viele von sich behaupten.

Inhaltlich waren sie mir fremd, befremdeten sie mich geradezu. Das, was ich an ihnen begriff. Zu begreifen glaubte; ich war keine Expertin. Meine Stärke lag im Verständnis von Geschichte, nicht von Gedichten. Was ich las, machte mir angst, konnte einem angst machen. Es handelte von Verschmelzung. Vom Aneinanderlegen der Haut. Vom Aufeinanderlegen der Häute. Vom Nicht-mehr-Abwaschen der fremden von der eigenen Haut. Damit hatte ich keine Erfahrung. Warum? fragte ich mich. Nach was? Nicht mehr abwaschen nach was? Mußte sich dazu nicht zuerst einer durch den andern schmutzig gemacht haben? Durch den andern oder *am* andern? Es gab auch andere Gedichte, aber an dieses erinnere ich mich, und dieses machte mir angst.

Eines lernte ich auswendig, weil es mir gefiel. Ich mußte es auswendig lernen, wenn ich es bei mir behalten wollte. Denn natürlich trug ich auch die Gedichte nicht mit mir herum. Natürlich versteckte ich auch die Gedichte. Sie wären, wie die Briefe, kompromittierend gewesen. Ich lernte es, ich konnte es lange, *by heart* oder *par cœur*, wie sie in Frankreich sagen, jetzt fällt es mir nicht mehr ein. Es handelte vom Daliegen, es endete mit der Nähe zum Stein. Es gefiel mir; aber auch dieses verstand ich nicht.

So ist das. So war das. Und dann hatte er plötzlich diese andere Frau. Von heute auf morgen. Aus heiterem Himmel. Und er schrieb mir keine Briefe und keine Gedichte mehr. Keine Ahnung, woher sie kam. Woher er sie hatte. Aber er hatte sie. Ich hatte sie nie vorher gesehen, aber jetzt war sie da. Ihre Existenz war nicht zu leugnen, beim besten Willen nicht. Sie nahm meinen Platz ein. Die ganze Aufmerksamkeit, die Xingshan früher für mich gehabt hatte, ging jetzt an sie. Der ganze Überschwang, der ganze Enthusiasmus. Nur daß jetzt nichts mehr davon verheimlicht werden mußte wie vorher mit mir. Ich sah sie manchmal, wie sie eng umschlungen miteinander im Park um den Teich herum ihre Runden drehten. Wie sie Hand in Hand durch die Stadt ihre Gänge machten. Wie sie in Kinoeingängen verschwanden. Wie früher wir. Ich mußte es zugeben, sie paßten zusammen. Sie waren ein schönes Paar, wie man sagt. So wie wir vielleicht auch ein schönes Paar gewesen waren. Gewesen wären. Wenn es uns erlaubt gewesen wäre. In gewisser Hinsicht glich sie mir sogar ein wenig.

Natürlich, ich hatte ihn nie wirklich gewollt, nie wirklich wollen können, realistischerweise, es war eine Affäre gewesen, zwischen Schüler und Lehrerin, eine *liaison dangereuse*, wie die Franzosen sagen, mit allem Dafür und Dawider, im besten Fall eine verbotene Liebe; aber jetzt war ich ersetzt. Nachdem ich vorher der Mittelpunkt seines Lebens gewesen war, der Nullmeridian, von dem alles ausging, der Geometrische Ort, auf den sich alles in ihm und an ihm bezog, der Fluchtpunkt all seiner Wünsche, sein Horizont, sein einziges Ziel, wurde ich jetzt von einem Tag auf den andern nicht mehr gebraucht. Ohne Ankündigung, ohne Vorwarnung. Jedenfalls hatte ich die Warnung, falls es doch eine gegeben hatte, nicht gehört oder nicht verstanden.

Ich fühlte mich liegengelassen. Weggeworfen. Beschmutzt. Er hatte mich weggewischt wie ein Stück Dreck. Mit einer einzigen hochfahrenden, wegwerfenden Geste der Hand. Er hatte meine Haut weggewaschen von seiner, wie er es im Gedicht ausgedrückt hatte. Wie er dort doch behauptet hatte, daß er es nicht mehr tun wollte. Er hatte es getan. Der Dichter war sich untreu geworden. Er war mir untreu geworden. Und er hatte es nicht einmal der Mühe wert gefunden, es mir selber zu sagen.

Meinte er es ernst? Spielte er mit mir? Spielte er mit mir, weil ich mit ihm gespielt hatte? Ich wußte es nicht, und ich wollte es am Ende auch gar nicht mehr wissen; aber ich rächte mich, so oder so. Wie er sich vielleicht an mir gerächt hatte. Das konnte ja sein, das war ja möglich, aber das interessierte mich nicht. Ich bestellte mir einen Rächer. Ich bestellte mir *meinen* Rächer. Meinen Vater, wen sonst? Wer sonst hätte das sein können? Der hatte noch etwas gutzumachen. Ich kannte ihn nicht; dazu mußte ich ihn eben kennenlernen. Und er mich. Und wie er mich kennenlernen sollte! Er kannte mich ja auch nicht. Meine Mutter hatte uns ja nie miteinander bekannt gemacht. Das mußten wir eben nachholen. Er wußte ja nicht einmal, daß es mich gab. Daß er im fremden Land eine Tochter zurückgelassen hatte. Daß er überhaupt eine Tochter hatte.

Aber ich fand ihn. Nicht jeder erwachsene Mann hat eine Tochter, aber jede erwachsene Tochter hat einen Vater. Wenn er noch nicht gestorben ist, wie es in den Märchen heißt, die sie in Europa ihren Kindern erzählen. Zumindest einmal gehabt. Ich war im Vorteil. Ich hatte es leichter als er. Ich fand ihn. Ich spürte ihn auf. Ich fand meinen Rächer. Mein Vater sollte mich rächen.

Wenn er schon sonst nichts für mich getan hatte, nichts hatte tun können, das sollte er für mich tun. Damit konnte er vom Versäumten etwas nachholen – auch wenn er gar nicht gewußt hatte, auch wenn er es gar nicht wissen konnte, daß er etwas versäumt hatte. Sich für seine Tochter in die Bresche schlagen, das sollte, das konnte er jetzt tun. Ich schrieb ihm. Ich erklärte ihm alles. Und er verstand alles. Er fackelte nicht lange. Er kam. Er kam sofort angeflogen. Er tat, was ich von ihm wollte. Er schlug sich für mich in die Bresche. Er rächte mich. Er wusch mich rein. Er wusch die Beleidigung von mir ab. Er wusch Teng Xingshans Haut ab von meiner. Und die ihre dazu. Die meiner Nachfolgerin bei ihm. Und das machte er gründlich. So daß nichts davon blieb. Er hatte jetzt eine Tochter.

In Hotelzimmern, in Teestuben, auf langen

Gängen durch die Stadt, bei Vorbesichtigungen möglicher Tatorte besprachen wir alles, dachten wir alles durch, wie es am besten zu tun wäre. Damit jedes Risiko für unsere eigenen Personen möglichst ausgeschlossen bliebe. Daß jeglicher Verdacht unzweifelhaft und unzweideutig auf Teng Xingshan fiele. Auf daß wir zwei lästige Fliegen mit einer Klappe schlügen und auf einen Schlag träfen: die Nebenbuhlerin *und* den Verräter, die Unbekannte aus dem Park *und* den Liebhaber, ihren, meinen, den es zu bestrafen galt.

Und wie wir ihn straften! Indem wir ihm erstens die nahmen, die er sich genommen hatte, um mich zu bestrafen. Indem wir ihm zweitens die nahmen, die er damit bestrafte, daß er die andere genommen hatte, also mich. Und indem wir drittens, durch das gleichzeitige Verschwindenlassen von beiden, von ihr und von mir, auf freilich sehr unterschiedliche Weise, was aber niemand wissen konnte, weder er noch jemand anderer, eine Fährte zu ihm legten, bei dem alle Fäden zusammenliefen; alle Spuren führten zu ihm, zu wem sonst?

Und von dort nicht mehr weiter. Das war das wichtigste. Mich gab es ja nicht mehr. Ich war ermordet worden, so sah es aus. Und meinen

Vater hatte es nie gegeben. Von ihm wußte keiner. Nach der Ausführung der Tat floh ich mit ihm dahin, woher er gekommen war. Mit meinem Vater, mit meinem Helden. Aus dem Nichts ins Nichts. Ich floh, wir flogen. Noch in der Tatnacht, am Morgen, in den sie mündete. Alles verlief wie geplant. Der Flug war gebucht, schon im voraus, von seinem Heimatflughafen aus, *zwei* Flüge hin und zurück, Vater und Tochter, die Tochter hatte den Hinflug nicht angetreten, umständehalber war sie vorausgeflogen, jetzt flog sie mit dem Vater zurück. So oder so wäre ich mitgeflogen, auch unter unblutigen Umständen. Auch wenn es zum Äußersten gar nicht gekommen wäre. So war es vorgesehen. In eine andere Welt.

Ja, so war das. So ist es vielleicht gewesen. So ungefähr wird es gewesen sein. Das alles wird mir ja nun unterstellt. Mit den verschiedensten Ausschmückungen. Von den verschiedensten Seiten. Das alles kann man sich vorstellen. Ich lebte in Frankreich mein zweites Leben. Als Prostituierte oder als Geliebte des Vaters, die ihm spät, aber doch noch die Frau ersetzte. Und was dergleichen freundlicher Nachreden mehr sind. Bis dann der Vater starb. Und bis die Verjährungsfrist für unsere Tat um war. Nach so und so vielen Jahren. So wollen es die Gerüchte. Und jetzt bin ich wieder zurück.

Und selbst wenn es nicht so wäre, wenn es nicht so gewesen wäre, wird man sich vielleicht fragen, wird man *mich* vielleicht fragen, wenn ich mit der Ermordung der Unbekannten nicht das geringste zu tun gehabt hätte, gesetzt diesen Fall, ob es mir denn nicht leid tue, daß durch mein Verschwinden ein anderer, ein Schüler, ein Jugendlicher, vielleicht mein Liebhaber, unschuldig um sein Leben gekommen sei? Ja, natürlich, könnte ich antworten, natürlich tut es mir leid. Das sagt sich ja leicht. Natürlich tut er mir leid. Da würde mir auch kein Zacken aus meiner Krone brechen. So wie mir jeder leid täte, der vorzeitig zu Tode kommt. Unschuldig oder nicht. Was ist schon Unschuld, was ist schon Schuld? In Wahrheit habe ich Teng Xingshan gar nicht gekannt. Aber was ist schon Wahrheit?

Jürg Amann bei Arche

Rondo
Erzählungen
158 Seiten. Gebunden
»Diese Beschreibung ist so in sich vollkommen, so absolut stilistisch sicher, so virtuos, daß wir nur sagen können: Was er gewollt hat, hat er vollkommen bewältigt. Aus einer Beschreibung ist ein Gleichnis geworden.«
Marcel Reich-Ranicki

Ikarus
Roman
149 Seiten. Gebunden. 18 Abbildungen
»Eine Parabel über Aufstieg und Absturz des Menschen.« *Hessischer Rundfunk*

Verirren oder Das plötzliche Schweigen des Robert Walser
128 Seiten. Broschur
»Die Einfühlsamkeit in diesen wahrhaft tragischen Stoff wird überboten durch die Diskretion der Darstellung.« *Die Welt*

Jürg Amann, geboren 1947 in Winterthur, Studium der Germanistik in Zürich und Berlin, Promotion, lebt heute in Zürich. Zuerst Literaturkritiker und Dramaturg, seit 1976 freier Schriftsteller (Prosa, Theaterstücke, Hörspiele, Lyrik, Essays). Zahlreiche Preise, u. a. Ingeborg-Bachmann-Preis, Conrad-Ferdinand-Meyer-Preis, Kunstpreis der Stadt Winterthur, Schiller-Preis, Preis Floriana. Bei Arche erschienen: *Robert Walser*. Eine literarische Biographie in Texten und Bildern (1995), *Rondo*. Erzählungen (1996), *Ikarus*. Roman (1998) und *Verirren oder Das plötzliche Schweigen des Robert Walser* (2003) sowie die Lesebücher *Engadin* (1996) und *Bergell Puschlav Tessin* (1999), beide herausgegeben von Anna Kurth und Jürg Amann.